Sans moyens
ni scrupules

Trajectoire météorique
d'une start-up ordinaire

Christian Navelot

A Luc et Roger, où que vous soyez.

TABLE DES MATIERES

CHAPITRE 1

La Tour Montparnasse.

Orgueil légitime du quartier, fierté de verre et de béton.

La tour culmine à 209 m, pour 58 étages (59 si l'on compte la terrasse panoramique). Réalisée de fin 1969 à fin 1972, elle pèse la bagatelle de 120 000 tonnes, et chaque étage occupe une surface de 1700 m².

Impressionnant.

Groucho et Harpo me tiennent solidement. Sacrés morceaux, ces deux monstres. Chacun doit peser au bas mot ses 130 kilos de viande pas fraîche, ça nous en fait 260 au total. Largement suffisant pour m'ôter toute velléité de leur fausser compagnie.

Ils suent et ahanent pour me hisser sur la plate forme, les deux gros tas. Leurs efforts conjugués me mènent au sommet de la tour.

Il fait un froid de canard sur ce toit. A ce qu'on m'a appris, la température baisse d'à peu près 1 degré par 100 mètres d'altitude, le calcul est vite fait.

Le vent s'engouffre dans l'ouverture de la porte, par rafales. Mais il en faudrait un peu plus pour faire reculer les 2 monolithes.

- J'espère que vous aimez.

Ce doit être Gravure de Mode qui parle, l'intellectuel de la bande, perdu dans la contemplation de Paris by night, et qui laisse faire ses 2 manœuvres.

J'essaye tant bien que mal de garder une contenance. Ne pas céder tout de suite à la panique, surtout.

- Très jolie vue, mais vous savez, je connais relativement bien. On pourrait peut être descendre, maintenant, et aller prendre un grog, il commence à faire un peu froid, non ?

Les 2 brutes rigolent. Ca fait un bruit de galet qui roulent sur la plage. Les brutes, on les reconnaît à ça : elles s'amusent d'un rien.

- Pas d'impatience, vous n'allez pas tarder à redescendre.

Nouveaux rires. Au ton de sa voix, je ne me fais pas beaucoup d'illusions, j'ai peu de chance de prendre l'ascenseur.

Je joue ma dernière carte. Je dois essayer le bluff.

- Très bien, si c'est un problème d'argent, si vous êtes un peu justes à la fin du mois, on peut sans doute s'arranger, vous et vos deux amis. Sans blague, j'ai de quoi vous assurer une retraite confortable. Et comme ça, vous pourrez leur acheter à manger, regardez-les, ils m'ont l'air tout faméliques.

Les 2 gros serrent un peu plus leur prise. Je perds quelques centimètres cubes de volume pulmonaire.

Le Distingué me considère avec autant de mépris que lorsque son petit dernier (je l'imagine assez père de famille, propre sur lui) lui situe Lille en plein bassin aquitain.

- Cher Monsieur…

J'ai le temps d'apprécier la délicatesse de la diction.

- …l'argent n'est pas pour nous une motivation primordiale. Je comprends que votre génération soit attachée aux gains rapides et faciles que cette époque dépravée et ses modes lui offrent ; mais en ce qui nous concerne, seul compte l'amour du travail bien fait, la fierté légitime de l'artisan qui façonne son oeuvre. J'ajouterais que nos supérieurs verraient d'un assez mauvais œil toute défection de notre part, pour une raison aussi futile qu'une somme en numéraire. Voyez-vous, la corruption dans notre métier a de tous temps fait des ravages ; l'honnête homme, rare, est un bien précieux.

C'est bien ma chance : un vertueux de la vieille école. Saint Juste en personne, pourfendant les faiblesses humaines. Peut être aurai-je plus de chance avec ses sous-fifres.

- Et vous, les chérubins, une petite gratification serait-elle …

Sur un signe de tête de leur chef, les 2 mastodontes serrent un peu plus. L'air se fait rare de nos jours. J'arrive à peine à déglutir.

- Ces deux braves garçons sont tout entier dévoués à notre cause. En outre, l'argent n'est rien pour eux : ce sont des gens simples, qui n'aspirent qu'à des joies simples ; une balade au grand air, un peu d'exercice, et les voilà comblés.

Je suis tout à coup soulevé de terre. Ils se rapprochent un peu plus de la balustrade.

- Messieurs, faîtes donc.

Je ne pèse rien.

Ils prennent leur temps, et me jettent, sans hâte.

L'espace d'un instant, je flotte dans les airs, au-dessus de ce 59ème étage.

Je me souviens fugitivement que lorsqu'on décrit une parabole, il est un point où sa vitesse verticale est nulle.

Etrange sensation d'apesanteur.

L'histoire de cet homme, dans les années 30, me revient en tête. Il voulut sauter du 2ème étage de la Tour Effeil, avec dans le dos ce qui devait faire de lui l'égal de l'oiseau : un assemblage de toile et de bois, pathétique imitation d'une aile.

Il fit un trou dans le goudron d'au moins 20 centimètres de profondeur.

Sans un cri, sans un bruit, j'entame ma chute.

CHAPITRE 2

Lundi matin 8h30.

En général, les SSII, ou Sociétés de Service en Ingénierie Informatique (à peu de choses près), sont désertes à ce moment précis de la semaine : le week-end, les salariés, ces feignants, s'en donnent à cœur joie et tentent d'oublier l'inanité de leur semaine. Lundi : retour au labeur, mes canards, le boulot ne va pas se faire tout seul.

J'arrivai cinq minutes en avance : 'Rendez-vous à 8h30 lundi matin : nous ferons le point'.

C'était le mail laconique que mon patron m'avait envoyé la semaine précédente. Il me paraissait du domaine de la science-fiction de le rencontrer aussi tôt au siège. Encore une manœuvre psychologique pour me mettre dans un état d'infériorité en me faisant poireauter un bon bout de temps. Mais je ne lui aurais sûrement pas proposé de lui amener les croissants chez lui.

Ils avaient fait des frais, dans cette taule. Les petits plats dans les grands. Je n'étais pas revenu depuis quelques mois, et j'admirais. La porte de la société était ornée d'un logo tarabiscoté, gravé dans une matière vaguement précieuse, de l'imitation verre de bouteille ou du simili-chrome à vue d'œil.

A mon coup de sonnette, la porte s'ouvrit sur un jeune type, les deux pieds dans la vingtaine, engoncé dans une veste trop neuve et une cravate trop serrée, l'air passablement tendu. 'Ca y est : ils font les 3x8', pensai-je. L'équipe de nuit, forcément, vu les valises sous les yeux. J'imaginai bien la chaîne de montage.

Mon tout nouveau collègue m'introduisit dans un bureau désert. Il était, semble-t-il, le seul à l'étage, ce qui ne m'étonnait qu'à moitié, je connaissais les habitudes de la maison. Il m'expliqua brièvement qu'il venait d'être embauché, et qu'on venait de lui mettre dans les pattes un projet urgent, à finir pour le mois précédent, comme tout projet urgent qui se respecte... Bienvenue chez les négriers modernes, esclave parmi les esclaves.

Bien évidemment, mon patron n'était pas encore arrivé. Pauvre fou. La ponctualité et la correction devaient représenter pour lui de grossières fautes de goût.

Je profitais de l'attente pour faire le tour des locaux. En 7 mois d'absence, la société avait, de toute évidence, prospéré : les nouveaux bureaux étaient bien plus vastes que les précédents, bien plus rutilants. Le loyer, certainement conséquent, devait mensuellement plomber les finances de l'entreprise.

Je m'ennuyais, fallait bien que je fasse ma petite inspection.

Des bureaux, jonchés de caisses difformes d'ordinateurs en tout genre, protubérances plastiques, métalliques et cathodiques. Des piles de papiers posées maladroitement, fragiles montagnes, monceaux de gribouillis. Les bureaux d'informaticiens ressemblent souvent trait pour trait à leurs possesseurs : brouillons, chaotiques, négligés.

Aux murs, l'affligeant papier peint de rigueur, quelques tableaux effaçables, couverts de runes indéchiffrables, de formules alambiquées, de sigles abscons.

Pas de vie, pas d'effets personnels, pas de plantes vertes. Un cadre de travail pour esprits étroits et occupés. Des papiers épars, une tenace odeur de cigarette, des traces de café renversé sur les tables.

Mon collègue ne me prêtait pas attention, tout occupé qu'il était à essayer de repêcher son Titanic à lui, à mains nues, ladite épave gisant par 500 brasses de fond. Visiblement, il souffrait. Je me gardais bien de lui proposer mon aide : la sympathie a ses limites.

Je commençais à vraiment trouver le temps long. Rien à lire, rien à faire. Je continuai ma visite.

Je tombai sur la pièce fumoir-machine à café.

Une senteur lourde et compacte de tabac froid flottait dans l'air, presque palpable. Beurk. 30 secondes d'apnée, le temps d'ouvrir cette bon sang de bois de fenêtre, et la pièce devenait presque respirable.

Mes patrons n'avaient pas lésiné sur le budget machine à café : derniers perfectionnements, lumières clignotantes, expressos en tout genre, boissons chaudes à tous les étages. Cet appareil constituait à coup sûr un autel régulièrement vénéré. La faune productrice faisait ses offrandes d'argent frais au dieu Café, qui le lui rendait bien.

Que faire pour tuer le temps ? Discuter avec mon jeune collègue ? J'entendais le crépitement frénétique de son clavier, ponctué de quelques jurons bien sentis. Inutile d'insulter ton ordinateur, camarade ; ce gros tas de plastique n'a qu'un but dans son existence : te faire perdre ton temps et te pourrir la vie en te donnant l'impression, ô combien illusoire, de créer quelque chose d'utile à d'autres que toi.

Pouvais-je tenter de lui expliquer qu'un projet comme celui qu'on lui avait confié risquait bien de lui coûter une partie de sa santé, de sa vie mondaine et un très gros paquet de neurones ? Je n'avais pas le droit de démoraliser les troupes. Et puis, si, moi, j'étais déprimé, au bout du rouleau, de quel droit pouvais-je pourrir le moral de mes collègues ?

8h50 et toujours personne. L'envie me vint de chercher le téléphone personnel de mon patron et de l'appeler. Je me ravisai bien vite. La lâcheté, quand même.

Un ange, et toute sa cohorte de rémoras, passe.

9h05. Toujours pas de nouvelles têtes à l'horizon. J'aurais pu être dans mon lit, sous la couette.

Du côté de mon jeune collègue, le rythme devenait survolté. Il venait de se servir un café, je le soupçonnais de l'avoir tassé à coups de poings ; de quoi réveiller un comateux, un cataleptique ou quiconque ayant assisté en intégralité à un discours commémoratif de Fidel Castro. A ce train là, son clavier allait vite rendre l'âme ; je sentais une très nette faiblesse de la touche Entrée, qui couinait, la pauvre, comme une damnée.

Quant à moi, j'étais en train de mourir d'ennui, à petit feu. Et, après les sept mois que je venais de passer, c'était un peu la goutte d'eau qui faisait déborder la poutre dans l'œil du voisin, celui qui voyait la caravane passer, bien sûr. Sept mois comme je n'en aurais souhaités à personne.

J'avais gaspillé tout ce temps sur un contrat de prestation dans une banque, ce qui en soi n'est déjà pas une bonne nouvelle, et sur un projet terriblement em… peu captivant. Plus d'une fois, j'avais éprouvé ce que David Bowman avait du ressentir, dans 2001 l'Odyssée de l'Espace, quand Kubrick s'ingéniait à le faire passer, en boucle, pendant des heures, dans ces « couloirs multicolores », qui symbolisaient sa vie. Passionnant. Moi, béotien de spectateur, pris d'une sale envie de ronfler pendant le film. Et voilà à quoi pouvait parfois ressembler un projet informatique : un rêve éveillé. Enfin, rêve, fallait le dire vite.

La mission sur laquelle j'étais (on est « sur » une mission, pas « dans » une mission : le détachement, par opposition à l'implication) devait, en théorie, receler « mille défis à l'imagination et à la sagacité ; elle allait dévoiler des facettes obscures et passionnantes de l'informatique, être une distraction pour l'esprit et un contentement pour l'intellect ». C'était en ces termes que mon commercial de patron m'avait vendu le projet. De nos jours les agents commerciaux de l'entreprise "vendent" les projets aux collaborateurs qui vont travailler dessus. Il faut passionner le chaland, comme le premier camelot venu. Avant, les patrons imposaient les projets à leurs subalternes. Maintenant, ils leur font croire qu'ils ont le choix. C'est beau, le progrès social.

- C'est un grand projet : une équipe de huit personnes, réactive, très bien encadrée, sur des technologies phares et avant-gardiste ; en clair, l'illustration parfaite de la raison pour laquelle tu es dans notre société. Ce projet, c'est toi, et personne d'autre, et c'est pourquoi je te le confie.

Moi, encore naïf à l'époque, je buvais ses paroles. Ah, enfin quelque chose de constructif, quelque chose qui me ferait progresser, et qui me motiverait, chaque matin, à aller au travail. Finalement, on pouvait s'épanouir dans une SSII ?

Oh, bien sûr, les débuts avaient été agréables. L'équipe, constituée en grande partie de prestataires extérieurs, était bien sympathique, et le chef de projet, un dénommé Bernard, le seul élément de la banque dans l'équipe, semblait tout à fait compétent. En outre, le cadre dans lequel nous travaillions était tout à la fois majestueux et impressionnant. Les banques ne manquent jamais de ressources pour se construire des sièges sociaux pharaoniques ; ce qui fait dire à certaines mauvaises langues que les banquiers – histoire d'ego ? - ont le désir inné d'en mettre plein la vue à leurs collaborateurs, clients et concurrents.

Les moyens alloués à notre équipe paraissaient sans limite : vu le prix des ordinateurs, de marque bien entendu, dont nous disposions, j'osais à peine taper sur le clavier, ou alors du bout des doigts, pour ne pas rayer les touches, tout de même.

Pour moi, humble développeur, cela promettait. En tout cas, je voulais y croire.

Mais bon, comme le dit la sagesse populaire, l'ours, vaut mieux qu'il soit mort avant de vendre sa peau. Ainsi, le projet nous fut expliqué, mais de larges zones d'ombre subsistaient.

Dans le cadre de cette mission, nous devions réaliser un logiciel de « gestion des prêts-emprunts à destination des professionnels du front-office ». L'outil devait être puissant, rapide et suffisamment ergonomique pour « les gros doigts boudinés des traders », dixit notre patron.

Bernard nous répartit donc le travail ; j'étais en tandem avec un autre prestataire, très sympathique, avec lequel le courant passa tout de suite. Hervé était à peu près dans la même situation que moi : c'était sa première mission dans sa société, il en voulait et ça se sentait. Motivé et capable. Un brave petit soldat.

Nous commençâmes par une partie mineure du projet : la réalisation de l'écran de contrôle principal de l'application, pour définir son apparence et son ergonomie.

- Petite partie, mais incontournable ; ceci est la clé de voûte de toute l'application, mes chers petits prestataires.

C'est en ces termes que Bernard nous présenta les choses.

Nous élaborâmes plusieurs maquettes. Mais notre chef était impitoyable, et nous faisait recommencer sans cesse, sous des prétextes qu'au grand jamais nous n'aurions qualifiés de fallacieux.

En fait, nous ne doutions pas un seul instant de la justesse de ses critiques. Jusqu'à ce que…

Jusqu'à ce qu'Hervé se paye une véritable «nervous breakdown », comme disent les anglais, après avoir cassé et refait 3 fois de suite le même panneau de boutons. Bernard venait de lui redire en substance (l'homme était fin diplomate) que « c'est pas mal, oui, mais je crois qu'il faut tout modifier dans cette partie, l'ergonomie ne leur plaira pas, tu comprends bien, non mais fais des efforts ». Hervé se mit d'un seul coup à crier, l'écume aux lèvres, dans notre bureau, et à l'affubler de quelques noms d'oiseaux bien sentis.

Je décidai sur le champ d'aller voir notre chef, pour tirer les choses au clair.

Bernard semblait très embêté. Très très embêté. Il commença par louer notre travail acharné, pour me mettre dans sa poche. A ma tête, il préféra vite dire la vérité : un autre département, dans la banque, travaillait déjà sur ce fameux écran, sans que nous le sachions. Moralité, Bernard étant plus jeune et moins politicien que son homologue de l'autre équipe, notre boulot partait à la trappe. Un mois et demi perdu, pour rien. Et Bernard n'avait aucune idée d'un travail de remplacement à nous donner.

En bon psychologue, il comprit que ses troupes, à l'instar des poilus de la Grande Guerre, avaient grand besoin d'action et d'exercice. Nous laisser à croupir dans notre bureau serait fatal pour notre moral.

Il nous assigna alors à un autre pan du projet, encore plus vide et plus inintéressant. Nous avions à travailler de concert avec les utilisateurs finaux, pour définir les données dont ils auraient besoin à l'avenir.

En réalité, il s'agissait d'un piège sournois. Plus tard, je compris une chose : un bon chef de projet se doit avant tout d'avoir un certain talent de vendeur à la criée pour faire travailler son équipe.

"L'enfer, c'est les autres", a dit Sartre. "L'enfer, c'est les utilisateurs finaux", n'importe quel informaticien pourra vous le dire.

Nos Utilisateurs Finaux à nous étaient des traders des salles de marché, qui considéraient l'informatique comme un mal nécessaire, le genre huile de ricin : ça fait peut être du bien, mais quel goût atroce !

Pour tout dire, ils n'étaient pas impliqués dans le projet global de Bernard. En fait, on ne leur avait rien demandé, et certainement pas leurs besoins. Mais ils pouvaient en être sûrs, ils auraient, au bout du compte, une belle application. C'est une théorie fréquemment rencontrée en informatique. Et, avec un peu de chance, ce que nous allions faire leur servirait.

Ils n'étaient ni compréhensifs ni patients : ils avaient autre chose à faire que de perdre leur temps avec deux types du département informatique. Néanmoins, directive venue tout droit des étages supérieurs, ils étaient censés collaborer avec nous. Les Chefs avaient parlé.

L'utilisateur que j'avais devant moi ce matin là devait très certainement rêver à cette grosse et grasse plus-value, qu'il allait pouvoir toucher grâce aux variations de taux des produits financiers à court terme. Il avait franchement la tête ailleurs. Notre réunion de travail tourna donc relativement court. A mes questions, ses réponses restaient nébuleuses.

Je le quittai avec de quoi remplir à peu près une demi feuille de spécifications fonctionnelles. « Très insuffisant » furent les seules paroles de Bernard. Beau joueur, j'en convins. Il me fallait revenir à la charge.

Napoléon l'avait bien compris : envoyer ses troupes faire une percée au centre ne peut être une stratégie payante que si elle est épaulée par une attaque latérale. Le flanc, c'est la victoire. Pour respecter cette tactique séculaire, je m'efforçais donc de désamorcer toutes les objections que pourrait me fournir mon interlocuteur. J'avais préparé un système si performant qu'il n'avait quasiment plus qu'à me répondre par oui ou par non :

- Et si nous vous proposons une possibilité d'export vers un tableur de toutes les données d'intérêt actualisées et converties aux différentes unités monétaires sur une plage de 24 mois, (respiration), êtes-vous :

  * 1) Très content
  * 2) Moyennement content
  * 3) Franchement pas satisfait ?

Las, il balaya tous mes stratagèmes d'un revers de main. Il ergota. Il bailla. Il mourut d'ennui. Au lieu d'avancer, je reculais. Très nettement même.

Inutile dans ces conditions de décrire l'état d'énervement d'Hervé. Il était à deux doigts de passer l'utilisateur ou son chef de projet par la fenêtre la plus proche pour ne plus en entendre parler. Nous étions au 23ème étage, tout de même.

Le fiasco du deuxième entretien plongea Bernard dans un abîme de perplexité.

- Oui mais alors là mes chers petits prestataires…

J'enjoignis Hervé au calme d'un discret coup de pied dans le tibia, mon arme favorite.

- … ce n'est pas une bonne façon de procéder, ah mais alors pas du tout .

Finalement, il prit la courageuse décision d'organiser une réunion où nous serions tous les quatre présents : lui, l'utilisateur et nous deux. Voilà qui promettait une tentative d'amorce de résolution du problème, mais nous n'étions pas très optimistes quant à l'issue de l'entrevue.

Ainsi fut fait. La réunion eut lieu une semaine après, semaine durant laquelle nous nous tournions les pouces 8 heures par jour ; cela nous donna une petite idée de la répartition des budgets informatiques, et des honteuses avanies qui pouvaient s'y dérouler.

Le jour tant attendu arriva.

Enfin, malgré toute cette inertie, il allait y avoir du concret, les choses allaient avancer . Je m'accrochais, confiant, optimiste.

Nous commençâmes la réunion par les platitudes d'usage. Quand notre utilisateur ouvrit le feu.

- Mais au fait, Bernard, à quoi sert ce que tu es en train de faire ? Je n'ai pas besoin d'une telle application, je ne vois pas pourquoi tu t'obstines.

- Et bien, vois-tu, il s'agit du projet global de prêts-emprunts dans lequel tu…

Haussement de ton de l'interlocuteur.

- Ecoute-moi bien, Bernard, je suis en charge de mon secteur, nous n'avons aucun besoin en particulier, et nous n'utiliserons jamais, tu m'entends, jamais, ton application. Si tu veux une confirmation écrite ou orale, demande à tes chefs. Je pense qu'il est donc inutile que je perde encore mon temps avec vous.

Sur ce, il prit ses affaires, nous salua d'un mouvement de tête assez sec et s'en alla promptement.

- Il a son franc-parler, lâcha Hervé, un peu déboussolé par le spectacle.

Nous n'en croyions pas nos yeux. Bernard était mortifié. Il tenta de s'éclaircir la gorge. Ca ne passait pas.

- Bon, bien, messieurs, je crois qu'en définitive, il n'a pas forcément tort. La partie sur laquelle vous travaillez est peut être un peu trop… en avance pour lui. Et s'il a décidé de ne pas l'utiliser, je peux difficilement l'y contraindre. Pensez, il tutoie notre Directeur, c'est un signe. Ne vous inquiétez pas, je vous trouverai une autre tâche, bien plus intéressante, et dans laquelle vous pourrez vous investir à fond.

Et il nous planta là. Je me mis à rêver au joli tas de confettis que nous allions pouvoir faire avec nos spécifications fonctionnelles.

- Je pense que je vais me saouler.

L'informatique, le véritable drame du foie d'Hervé.

Bernard tint parole. Il nous trouva, peu après, une nouvelle tâche. Quant à la qualifier d'intéressante, c'eut été aller un peu vite en besogne. Nous devions reprendre un morceau de programme, mal foutu, commencé par d'autres et pas encore terminé.

- Quelques petits bugs à éradiquer, et tout marchera parfaitement, vous verrez. Et il servira, celui-là, vraiment.

L'optimiste de Bernard confinait à la plus extrême mauvaise foi. Hervé accueillit la nouvelle avec un flegme que je ne lui connaissais pas.

- J'en ai pris mon parti. J'arrive à 8h, je pars à 17h, je gagne de l'argent, je ne suis pas dans la rue à voler le sac des petites vieilles, le bilan est donc globalement positif. Je demeure, contre vents et marées, un honnête citoyen, alors que tout ici, et tu es témoin, me pousse au crime.

Je ne sais pas si il fallait se réjouir, ou pleurer.

Comme nous y avions été habitués, le travail fut fastidieux et pour tout dire sans aucun intérêt, mais il nous fit passer un mois et demi de plus. Je redoutais chaque jour de voir Bernard débouler dans notre bureau et nous annoncer que notre partie était abandonnée. J'en rêvais, parfois. Des rêves étranges, sombres, ou Hervé finissait invariablement par tous nous découper à la hache, en beuglant des obscénités.

La réalité est souvent bien plus drôle.

Chaque jour, Hervé faisait un petit trait au canif sur le côté de l'imprimante, comme les prisonniers de bande dessinée purgeant des peines longues. Ce matin là, il en était à 143 traits, soit à peu prés 7 mois de bagne.

Bernard nous convoqua tous, nous y compris. Ce n'était pas une habitude de la maison, les réunions de briefing. En fait, communiquer, comme je l'avais découvert, n'était pas une habitude de la maison.

- Messieurs, asseyez-vous.

Le ton n'était pas très assuré. La catastrophe, la grosse catastrophe, se profilait à l'horizon.

- Messieurs, on vient de m'annoncer une nouvelle qui ne me fait pas spécialement plaisir. Voilà, je ne vais pas tourner autour du pot…

A ce moment précis, oh oui, comme il aurait aimé pouvoir tourner autour du pot, pas plus de 4 ou 5 heures, histoire de nous mettre en condition.

Sa voix sembla mourir, d'un coup, comme un robinet qu'on étrangle.

- … mais le projet dans sa globalité vient d'être tout simplement annulé.

Plof.

Rideau.

Nous nous regardâmes, incrédules.

- Il a dit quoi ?

- Abandonné ? On est dessus depuis 7 mois !!

- Ce n'est pas possible !

Oh, ces cris là ne marquaient pas la joie.

L'un de nous réussit à bredouiller :

- Comment est-ce que ça a pu arriver ?

Bernard se pinça le nez, inspira profondément.

- Et bien voilà, réduction de budget, les utilisateurs, l'externalisation, c'est la voie, à présent, les temps sont difficiles, vous savez ..

Les paroles ne venaient pas. Il avait l'air totalement déconfit.

Blême, d'une rigidité inquiétante, il se leva dignement et sortit de la pièce, grommelant dans le couloir des paroles inintelligibles.

Voilà comment nous venions de perdre sept mois de notre vie, sur un projet qui était en passe de terminer à grande vitesse dans le broyeur le plus proche.

L'épilogue de toute cette farce fut assez rapide : certains prestataires, dont je faisais partie, retournèrent dans leur société. D'autres, comme Hervé, décidèrent de rester et furent repris sur d'autres projets. Considérant mon effarement, Hervé me répondit :

- Je suis sûr qu'ils peuvent faire encore mieux. Et j'ai vraiment envie de voir ça.

- Ca va, je ne suis pas trop en retard ?

Mon patron me tira de ma rêverie.

- Non, non, juste un tout petit quart d'heure, mentais-je effrontément.

Il était tout de même 9h30, mais d'instinct, j'étais obséquieux. Intérieurement, je me traitais de tous les noms.

- Bon, il semble que ta mission dans la banque ne se soit pas extraordinairement bien passée ...

Elégante périphrase pour enterrer un projet mort-né. J'appréciai à leur juste valeur ses efforts sémantiques.

- Non, pas extraordinairement bien, en effet.

- ... et tu as demandé à revenir. Et comme nous sommes des patrons compréhensifs, et à l'écoute de nos employés, te revoilà dans nos locaux.

J'avais devant moi le nouveau Saint-François d'Assise et je ne le savais pas encore. Je pouffai, discrètement. Il ignora mon ironie.

- Tu as émis le souhait de devenir chef de projet sur une nouvelle mission. Et comme nous sommes toujours à l'écoute de nos employés...

Deux secondes d'absence. Il cherchait ses mots. Un léger cafouillage dans son texte. Il n'avait pas dû avoir le temps de répéter toutes ses répliques dans la voiture.

- ... nous avons effectivement prévu un projet pour toi, et tu en auras la responsabilité.

Mazette. Se pouvait-il qu'il dise vrai ?

- Mais, ce projet ne sera effectif que… heu… plus tard. En attendant, je te propose, vu ton expérience, ta rigueur et ta compétence…

Retour sur terre. Ce qui se profilait à l'horizon ne sentait pas très bon.

- … de finaliser quelques projets en interne, tu verras, trois fois rien, des petites choses.

Après coup, je m'étais rejoué la scène. Pourquoi ne m'étais-je pas levé à ce moment là ? Pourquoi ne lui avais-je pas crié à la figure qu'il pouvait remballer ses saletés de projets avariés à terminer ? Pourquoi ne lui avais-je pas fait comprendre de façon claire que s'il voulait que je fasse encore partie de l'effectif de sa boîte le lendemain, il avait intérêt à me confier le titre de chef de projet à l'instant ?

- Oui, deux ou trois bricoles à terminer, et après, tu verras, tu auras la responsabilité d'un beau projet, et une belle équipe à gérer, fais nous confiance.

Et moi, au lieu de hurler, l'air vaguement satisfait, allant jusqu'à le remercier de me promettre la lune.

Mon manque de pugnacité ne cessait de m'effrayer. Velléitaire, vraiment ? Toute l'histoire de ma vie.

CHAPITRE 3

En 11 lettres.

"n. m. 1. Traduit un désarroi profond, une terreur intense et un dégoût irrépressible :

Cauchemarre. "

Je venais d'inventer le terme. J'étais plutôt fier. Je m'étais senti, fugitivement, immortel.

Ce mot décrivait plutôt bien mes nuits, pour la première partie, et mes journées, pour le reste.

Mardi matin.

Pour le moment, je n'étais pas encore « staffé », néologisme barbare pour signifier mon inactivité courante. Mal employé ou oisif, mes perspectives d'avenir n'étaient jamais très alléchantes.

'Quand on s'ennuie, ouvrons les yeux' (proverbe burgonde). Après tout, je pouvais profiter des quelques moments qui m'étaient gracieusement offerts par mon employeur pour faire connaissance avec ma société. Et, plus important, avec ses employés.

D'après les rumeurs du moment, nous étions 50… Enfin, du moins, c'était le chiffre donné en entretien aux candidats quand ils posaient la question. La réalité administrative penchait plutôt pour une bonne quarantaine… Ce qui était déjà tout à fait respectable, et qui réglait le problème du Comité d'Entreprise. En effet, celui-ci ne devenait obligatoire qu'à partir de 49 employés. J'imaginais bien que, lorsque nous dépasserions le seuil fatidique, nos patrons ne le crieraient pas sur les toits.

N'empêche, plus de quarante employés, et toujours pas d'embryon de ressources humaines. A croire que la société avait poussé trop vite, sortant à peine de l'adolescence, s'étonnant de sa taille. La résolution des conflits ne devait pas être une partie de plaisir… Encore que, le milieu de l'informatique ne grouillait pas de syndicalistes ou de revendicateurs de tous poils.

La crise du début des années 90 avait laissé place à une période de croissance du secteur ininterrompue. Avec à la clé, un marché de l'emploi très favorable. Ainsi, on voyait beaucoup de jeunes, à la fin de leurs études, faire leurs premières armes dans une SSII. Les salaires étaient généralement bons, et le boulot pas plus inintéressant qu'ailleurs… Au contraire de nombreuses filières, l'informatique recrutait. Désespérément. Les besoins étaient là, l'offre peinait à suivre. Les nouvelles recrues de secteurs scientifiques pointus trouvaient facilement à être embauchés pour jouer au développeur. Le principe était le suivant : si tu as fait des études, quelles qu'elles soient, mais suffisamment longues, ou si tu es débrouillard, tu réussiras.

Ma société faisait dans les « Nouvelles Technologies ». C'est à dire, tout ce qui, de près ou de loin, avait trait à Internet et à sa fameuse toile : sites Webs, logiciels de gestion estampillés « High-Tech»… Les clients, de grosses sociétés en général, faisaient rimer "Nouvelles Technologies" avec "On aura l'air beaucoup plus branché et à la page que nos concurrents". Ce qui n'était pas pour déplaire à mes patrons.

Ma douce rêverie s'interrompit net.

J'étais avachi sur mon fauteuil, dans l'Open Space ('le bureau paysager est la vraie réponse pour les sociétés qui veulent limiter les loyers, et entasser le plus de gens au mètre carré. L'avantage : tout le monde peut participer à n'importe quelle conversation téléphonique.'), en train de dévisager mollement mes collègues. Pour certains, les marques d'oreiller encore visibles sur le front. Pour d'autres, la cravate et le costume de rigueur. Certainement ceux qui allaient partir en clientèle dans la journée. Au fond, un petit groupe de jeans pas très nets. Mes frères informaticiens.

Et c'est à ce moment que la terre trembla.

En fait, l'onde de choc était sonore.

Un son terrible sortait d'un des bureaux, réputé infesté de graphistes. Je sentais la musique faire vibrer le bureau, le fauteuil, le sol. La boîte à rythmes accrochait le 160 BPM. Le plâtre sur les murs montrait de belles lézardes. Le ciel allait nous tomber sur la tête.

J'avais les mains plaquées sur mes oreilles. Qui aurait pu résister à ça ?

- C'est rien, c'est Stéphane, le DA, qui pique sa crise matinale.

Mon voisin avait vu ma tête. Et mon voisin rigolait de ma tête. Il me dit s'appeler Anatole. Anatole n'avait pas de cravate, un improbable tee-shirt Chapi-Chapo et un pantalon qui avait du être vert. Ou rouge. Peut-être blanc.

- Il a ramené deux enceintes de 300 Watts, et, en général le mardi matin, il nous offre un quart d'heure d'ambiance boîte de nuit. Il prétexte qu'il n'aime pas le café, et que c'est le seul moyen qu'il a trouvé pour se réveiller. Tu vas voir, les patrons vont se mettre à gueuler, comme d'habitude, et ça va rapidement baisser.

- Le DA ??

- Directeur Artistique, ça fait plus distingué que "Gribouilleur en Chef", non ? C'est lui qui fait la plupart des illustrations et des maquettes de nos sites web.

Effectivement, comme prévu, un des patrons de la société sortit de son bureau, l'air excédé. Il ouvrit la porte du bureau de Stéphanc, jusqu'à présent restée close. Le son monta encore de quelques décibels. Je le vis gesticuler, désigner les enceintes, et le bruit cessa d'un seul coup. La moitié du personnel poussa un soupir de soulagement.

- Ca commence à bien faire avec cette musique de sauvage, hurla le patron, tu m'entends ?!?

C'était bien cela le problème, nous étions tous privés d'audition. Ca sifflait dans les oreilles. Je me demandais comment faire si le téléphone se mettait à sonner.

Nous subîmes alors la deuxième vague de bruit : le DA sortit de son bureau, en beuglant les paroles de la chanson à tue-tête.

- CRAWLING ... IN ... MY SKIN ...

Incrédule, je me tournai vers Anatole.

- Et il est toujours comme ça ?

- Parfois, il est plus calme. C'est rare. Mais il lui arrive en revanche d'être beaucoup plus agité. Et là, il devient vraiment insupportable. J'ai déjà eu envie d'acheter un fusil de chasse, rien que pour le mardi matin.

Anatole faisait partie de la société depuis 5 mois. Au contraire de la plupart des nouveaux arrivants, pour lesquels il s'agissait d'un premier emploi, il était déjà passé par quelques boulots, sans rapport avec l'informatique, et au sujet desquels il était resté assez évasif. Il m'expliqua que cela lui permettait de "prendre du recul".

Je voyais bien le topo. Un glandu qui avait atterri dans l'informatique, après avoir cherché du boulot ailleurs, sans succès. Pas le premier, ni le dernier. Du pain béni pour les SSII : facile à former, son expérience permettait de le « vendre » (dans un système ni plus ni moins que maquignon) plus cher au client.

Au final, de toute cette faune, quelques têtes sortaient du lot. Certaines, excentriques, d'autres tout simplement sympathiques.

A commencer par Stéphane ; encore, que, dans son cas, "tête sortant du lot" n'était pas le qualificatif le plus approprié. Certains disaient qu'il était trapu. Petit, plutôt large et pas commode. Du moins jusqu'à ce qu'il raconte une de ses fameuses blagues graveleuses, de celles dont il avait le secret. C'était sa méthode pour briser la glace. Il avait le chic pour désarçonner quiconque tentait de lui parler sérieusement.

Anatole était bien plus réservé. En apparence du moins. Une personnalité qui ne demandait qu'à s'exprimer : Une fois lancé, il était inextinguible. Avec Stéphane, ils formaient un duo très… assourdissant.

Un autre original se démarquait : Frédéric, concepteur, développeur et philosophe à ses heures perdues, le sage de la bande. L'informatique, pour lui, n'était qu'une perversion de plus dans une vie déjà fort corrompue. Il prônait en toute occasion la réflexion, la prospective et un usage immodéré d'alcools forts. On se demandait tous ce qu'il foutait là. Tout petit déjà il énervait ses professeurs. Il ne se contentait pas de leur répondre ; il argumentait, et contredisait. Il en avait sapé, des autorités. Pourtant, sa tolérance et son besoin chronique de liquidités l'avaient incité à faire preuve de compréhension et de magnanimité vis à vis des suppôts du grand Capital qu'incarnaient les SSII. Il pouvait ainsi, à l'abri du besoin, promener un regard de sociologue sur les arcanes de la vie économique contemporaine. Ses analyses ne manquaient pas de sel.

Dans cet univers profondément masculin, les femmes étaient représentées en la personne de Julie, graphiste confirmée et sous-exploitée. Sa silhouette suffisait à faire monter la température de certains employés (scrofuleux, libidineux, des culs de bouteilles vissés sur les yeux : dans l'inconscient collectif, les clichés de base de l'informaticien). Son féminisme militant alimentait les conversations et les controverses. Il faudrait des générations aux hommes pour se remettre de la libération de la femme. Frédéric prenait un plaisir fou à la faire marcher. Elle n'était pas dupe, mais elle l'aimait bien, et donc elle tolérait. C'était leur grand jeu.

Le tour d'horizon des personnes fréquentables ne pouvait être complet sans Jean-Christophe, le Commercial. Lui, obséquieux ? Non, à l'écoute du client. Lui, faux-cul ? Non, le client est très fin, il sait toujours parfaitement ce qu'il veut, et il est tellement drôle. En somme, une vraie caricature.

Je découvris que des clans s'étaient formés dans la société. Une cour, dont nous ne faisions pas partie, s'était constituée autour des patrons, prête à chanter leurs louanges en toute occasion. Ils avaient choisi leur camp. Ils avaient néanmoins des relents de cour des Miracles : leurs efforts pathétiques pour s'accorder les bonnes grâces de ses Seigneuries faisaient peine à voir. Je ne pouvais pas frayer avec l'hypocrisie. J'avais peu de religion, mais quelques principes.

La journée passait. J'étais peinard, dans mon fauteuil. Je prenais l'air affairé, je remuais des papiers, tout ça pour ne pas risquer de me faire refiler du boulot. En fait, je suivais paisiblement la valse des téléphones. Un spectacle de premier choix. Car les téléphones n'arrêtaient pas de sonner. Pas une minute de répit.

Notre société avait plusieurs contrats de réalisation de logiciels en cours. Ce type de contrat portait le nom de forfait : cela signifiait que la réalisation se faisait dans nos locaux. Le client suivait à distance l'avancement du projet, et prenait livraison de l'application une fois terminée.

Seulement, les clients, ça les rendait nerveux, de ne pas pouvoir constater de visu le bon déroulement des opérations. Et donc, ils appelaient, pour prendre des nouvelles ou engueuler les développeurs (ce qui motive).

C'était marrant, ces types balbutiant au téléphone d'improbables excuses.

Un développeur, rouge pivoine, tentait sans grand succès de calmer son client. Ledit client, du genre exécrable, le faisait souffrir. De mon fauteuil, je l'entendais hurler, à l'autre bout du fil. Tout le monde s'était arrêté de bosser. On écoutait, on profitait du spectacle.

Le développeur allait finir par se trouver mal.

- Oui, bien sûr, monsieur… je vous comprends, le programme ne marche pas encore… Oui, c'est intolérable… mais mais mais, heu, notre équipe est sur le problème 24 heures sur 24… Bien sûr, nous mettons tous les moyens… Mais non, je comprends tout à fait vos impératifs et je… Mais… évidemment, heu, ce soir la version fonctionnera… Avec les dernières modifications que vous avez demandées… Bien sûr, de notre faute…

Il masqua le combiné et se tourna vers nous, implorant notre aide.

Frédéric s'approcha doucement de l'autocommutateur, l'appareil qui concentrait toutes les lignes téléphoniques.

- Fais durer.

Le développeur reprit l'appareil, inspira un grand coup.

- Non non, ce n'est pas normal… vous avez payé pour un produit… Et bien sûr je comprends…

Frédéric ouvrit le boîtier et se mit à dévisser lentement une gaine de protection.

- Oui, ça va de soi… Attendez, je vous entends mal… Oui, des parasites… Qu'est-ce que vous… Allô ? Allô ?

Frédéric était content. Dans sa main, le câble du téléphone, dénudé, hors de son connecteur.

- Maintenant que les problèmes de clientèle sont résolus, si on allait manger ?

Il parlait d'or.

Toute la petite bande descendit à la cantine, au pied de l'immeuble. Pendant le repas, Stéphane réussit à mobiliser l'attention de toute la table, et peut être même de tout le restaurant. Nous cherchions désespérément à le faire taire, mais sans succès. Seules les spaghetti-carbonara arrivaient à endiguer, pas assez longtemps, le flot de ses paroles. Au bout de la table, Frédéric et Julie étaient lancés dans un débat d'idées dont ils avaient le secret. « Les femmes ont-elles le sens de l'orientation ? » ou un autre sujet à teneur bien machiste du même genre. Julie haussait les épaules, navrée par la vacuité de la conversation, mais courageuse, argumentait. Frédéric, tout à sa mauvaise foi, jubilait. Et nous, solidaires, rajoutions de l'huile sur le feu.

Début d'après midi, les paupières étaient lourdes, la digestion annihilait toute velléité de productivité. Un café plus tard… Pas mieux. Une lente torpeur avait envahi le bureau. Du moins jusqu'à ce qu'il sonne à l'interphone.

Lui.

Le trublion. L'invité de dernière minute. En d'autres termes, un client mécontent, qui avait envie de chanter sa haine, à sa façon.

Jean-Christophe poussa un juron.

- Oh non ! Pas lui ! C'est moi qu'il vient voir. Il a demandé des évolutions sur son application, je le fais poireauter depuis 3 semaines, parce que, heu, j'ai… trop de travail, voilà, trop de travail. Si il me voit, ça va être ma fête. Dîtes-lui que je suis en rendez vous !!

Il avait l'air affolé. Encore un client à qui il avait promis monts et merveilles. Après tout, comme disait l'autre, les promesses n'engagent que les imbéciles qui y croient…

Du naturel, surtout. Moi, à l'interphone, l'air angélique :

- Bonjour bonjour, désolé, il est parti en rendez vous, il en a pour… un bon moment.

L'autre était de ceux à qui on ne la fait pas.

- Pas grave !! Je l'attendrai dans son bureau !! Je le verrai !! Ca commence à bien faire ! Il va entendre parler de moi !

Tête décomposée de Jean-Christophe. Julie et Anatole pouffèrent.

Il lui fallait une bonne planque, vite fait : l'autre n'avait pas l'air d'un rigolo. Il courut, sans but, et finit par s'engouffrer dans le bureau de Stéphane. Il ouvrit le placard à la volée, saisit les affaires qui s'y trouvaient (une collection de croquis du DA, en l'occurrence), les balança derrière lui et se tassa à l'intérieur.

Stéphane resta impassible. Mauvais signe.

Julie arriva, l'air goguenard.

- Et bien, Jean-Christophe ? Courage, fuyons ?

Jean-Christophe n'avait pas l'esprit badin.

- Ta gueule, Julie !! Tu me gonfles !

Et il claqua la porte de l'armoire.

Julie devint cramoisie. Elle l'aurait volontiers occis, je pense, de façon lente et cruelle. Elle sortit du bureau en claquant la porte.

Je fis entrer le client. Il était furibard. Je l'amenai dans le bureau de Jean-Christophe, lui vitupérant, moi essayant de changer de sujet.

Julie nous suivit.

Lui, très remonté : - … et vraiment, cette société, c'est n'importe quoi, ce commercial qui me promet la lune, et que je n'arrive jamais à joindre…

Elle, angélique : - Vraiment ? Vous n'arrivez jamais à le joindre ? Pourtant, il est souvent au bureau, en ce moment. C'est agaçant d'ailleurs, son téléphone n'arrête pas de sonner, il ne répond jamais.

Lui : - QUOI ??

Elle, suffisamment fort pour que tous, y compris les gens dans les placards, puissent entendre :

- Et d'ailleurs, je n'étais pas au courant qu'il avait un rendez-vous cet après midi ; il serait encore dans les locaux que je ne serais pas plus étonné que cela…

Lui, se tournant vers moi, rouge de colère : - PARDON ?

Nous entendîmes alors distinctement un juron étouffé provenant du bureau de Stéphane. Peut-être même du placard, à la réflexion.

Le client excédé, se rua dans le bureau en hurlant.

- Ah c'est comme ça, les petits comiques ?! Je vais vous apprendre le respect, moi !!

Il ouvrit la porte en trombe, et tomba sur Stéphane.

Un Stéphane, étonnamment calme, qui ne disait pas un mot.

Lisse et froid comme le marbre.

Il avait planté ses yeux dans ceux du client.

Et le client commençait à balbutier.

Nous arrivâmes juste derrière.

- Il va le bouffer tout cru, me dit Julie dans un souffle.

L'air devenait lourd, la tension était palpable. Nous allions assister à un meurtre. Pire que ça, une boucherie.

Il dit lentement, détachant bien les syllabes.

- C'est vous qui parlez de respect ?

Le client s'empourpra. Il cherchait ses mots.

- Heu, oui, excusez moi de vous déranger, je ne voulais pas…

Lui, imperturbable, le visage granitique.

- Sortez.

L'autre, tout penaud, recula et bredouilla des excuses.

- Désolé, heu… je crois qu'il faut que j'y aille… j'ai un, heu, rendez vous, voilà…

Et il détala en quatrième vitesse. Calmé, hypnotisé, soumis. Stéphane, par moment, inspirait d'étranges sentiments.

Frédéric et Anatole se regardaient, incrédules.

- Tu y crois, toi ?

Stéphane ouvrit la porte du placard, découvrant un Jean-Christophe à demi apoplectique.

- Tu as vu ce que Julie a dit ?!! Saleté ! C'est pas possible de…

C'est alors qu'il explosa.

- DEGAGE DE MON BUREAU, SALE TYPE !! SI JE TE REVOIS FRANCHIR LE SEUIL, JE TE JETTE PAR LA FENETRE !! ET SI ELLE EST FERMEE, JE LA DEFONCERAI AVEC TA TETE !!!

Jean-Christophe ne demanda pas son reste et déguerpit. Nous fîmes de même. Stéphane n'était pas d'humeur à… Non, vraiment pas d'humeur.

De retour à mon bureau, mon patron, le regard fuyant, me tendit un dossier. 'Un petit projet à finir, des bricoles, tu verras'. Délicate attention. Je m'y attelai sur le champ.

Le projet : une application de gestion et de diffusion d'informations grâce à un Intranet (un bidule informatique à la mode).

Le client : une grande et prospère société pharmaceutique, impliquée dans quelque retentissant scandale.

Ma tâche : terminer le boulot entamé par un collègue, parti en régie dans une société en province. A première vue, des petites finitions. A seconde vue… On verrait plus tard.

Le cahier des charges commençait par l'inévitable baratin, farci d'expressions ronflantes : 'dynamisation du flux d'échange intra-entreprise', 'globalisation du package informatif', 'update des working protocols', 'task-force du re-ingeneering de la décision'… Tout ça pour justifier le coût astronomique du projet. On prenait vraiment les décideurs pour des abrutis.

Puis le tableau se noircissait. J'avais entre les mains les copies des courriers échangés entre le client et mon collègue (il avait bien fait les choses). Ce n'était pas triste.

Le ton, à mesure des messages, se durcissait. A la lecture des complaintes du client, je découvris que le logiciel était loin, bien loin d'être terminé. Et mon prédécesseur n'en portait pas seul la responsabilité.

Le projet était mal 'gaulé' (dixit Anatole) depuis le départ. Le client s'en était rendu compte après avoir validé le cahier des charges et la première maquette. Il avait alors demandé des changements profonds.

Mon prédécesseur argua qu'il était un peu trop tard pour revenir sur des bases déjà entérinées et signées dans un contrat. Simple logique.

Mais le commercial et mes patrons avalisèrent tous ses desiderata. 'Client important'... 'On ne peut pas ignorer ses demandes'... 'Très gros marché potentiel'... Le développeur cassa, re-construisit, re-détruisit... Sisyphe et son rocher, en quelque sorte.

Comme ma hiérarchie continuait à accéder à tous les désirs du client, mon prédécesseur, fatigué, réclama de partir en mission, sous peine de faire une crise de nerfs. Et c'est précisément là que j'intervenais...

Le projet n'était pas très compliqué en soi. Mais les avanies de son développement l'avait transformé en un monceau peu ragoûtant de rustines en tous genres. A ce niveau, il me semblait plus malin de faire table rase de tout ce qui avait été réalisé, et de repartir sur des bases saines.

Cette conclusion fit hurler de douleur mon patron. L'amputation d'un rein sans anesthésie ne lui aurait pas fait plus mal.

- Mais tu n'y penses pas !! Ce n'est pas possible !! Le projet est commencé depuis janvier, et il ne nous reste qu'un mois pour le finir ! Un mois, tu m'entends ! Si j'annonce ça au client, il se suicide : pendaison, strychnine ou décapitation ; il m'a l'air d'avoir le sang chaud.

- Si on ne recommence pas depuis le début, il nous faudra encore six mois de travail. Je m'explique. Tout d'abord un mois pour déchiffrer et comprendre ce qui a été fait ; deux semaines pour réfléchir au problème ; deux semaines pour arriver à la conclusion qu'il faut tout recommencer à partir de zéro, et 4 mois de boulot effectifs. Avec ma solution, on gagne deux mois.

L'argument l'avait ébranlé. Il me dit qu'il y réfléchirait, et me congédia aussi sec.

L'après midi promettait d'être oisive. Je trouvai des compagnons d'infortune pour jouer à d'obscurs et stupides jeux vidéo. Nous en étions à la cinquième partie (nous perdions alors 1 à 3, et Anatole, mon coéquipier, était en mauvaise posture) quand le téléphone sonna. Un coup de fil qui allait changer ma vie.

Il s'agissait de Sébastien, une vieille connaissance d'une précédente mission. Je n'avais plus de nouvelles de lui depuis fort longtemps.

Il avait l'air, au bout du fil, excité comme une puce. Sans ambages, il me déclara qu'il avait décidé de monter une Start up dont l'activité serait la gestion d'un site web. Quant à la vocation de ce site, chhhhut, c'était secret défense. Deux autres personnes, d'après lui, étaient prêtes à le rejoindre dans l'aventure. Il avait besoin d'un quatrième ; comme nous avions travaillé ensemble et qu'il savait ce que je pouvais faire, il m'avait contacté. Il lui fallait une réponse rapide : " dans la Net Economie , le succès n'attend pas".

Face à ce qu'on me proposait dans ma société, l'opportunité de devenir mon propre patron me paraissait alléchante. Faudrait y réfléchir. En attendant, notre équipe s'était fait écraser 9 à 1, et mon partenaire réclamait ma tête. La journée risquait d'être difficile.

CHAPITRE 4

Mon patron dut se rendre à l'évidence : j'avais raison, il fallait tout reprendre à zéro. C'est le client qui allait être content, lui d'un naturel si jovial.

La mort dans l'âme, il le contacta. Il avait préparé tout une série de piètres excuses : mauvaise qualité des logiciels employés pour le développement (le grand classique), la foudre qui avait fait sauté la moitié des postes, une pluie de sauterelles malencontreuse, un tremblement de terre inopiné. Il prit une salve d'injures majeures dans le conduit auditif. L'autre n'était pas content, et manifestait bruyamment sa colère. D'ailleurs, il tenait absolument à venir dans nos locaux, pour bien nous exprimer sa désapprobation. Allez, il viendrait l'après midi même, fallait battre le fer, sans blague.

Mon chef, d'un naturel si posé, vira au blanc salsifis. Son désarroi me fit pouffer, le temps que je réalise que moi aussi, j'étais en première ligne. Là, ça ne me faisait plus rire du tout. Alerte rouge, tous aux postes de combat. Qu'est ce qu'on allait bien pouvoir lui raconter ?

La fin de matinée fut fébrile. Je me rassurai : après tout, je venais d'arriver sur le projet, je n'étais pas responsable des errances passées. Un point que je soulignais lourdement auprès de Jean-Christophe, commercial attitré auprès de notre client pharmacien (une grosse industrie pharmaceutique du nord de l'Europe) :

- Dis donc, JC, tu as intérêt à mouiller ta chemise, cet après midi. Moi, je suis spectateur, on vient de me refourguer ce vieux projet moisi, et gentiment j'accepte. Un point c'est tout.

- T'as pas le droit !! On va s'en prendre plein la gueule ! Son budget va exploser, littéralement ! Et vue notre trésorerie, on ne peut pas se permettre de te faire bosser à l'œil. Il va devoir raquer, un point c'est tout, et j'espère bien que tu vas nous aider. Tu seras ma caution technique.

Ca faisait déjà envie.

L'heure fatidique arriva : 14 heures. Waterloo s'annonçait. On n'aurait pas Grouchy, tout au plus quelques grognards maladroits. Ca sentait bon la Berezina.

IL entra dans les locaux. Lui. Altier, imposant, impeccablement sanglé dans son costume Gucci. Même les mouches se turent à son arrivée. Son aréopage le suivait, tête baissée. Si mon patron avait pu tailler un tapis rouge dans les rideaux, il l'aurait fait. Opération Séduction et Servilité à tous les étages, les autres employés avaient composé une haie d'honneur improvisée.

Nous prîmes place dans la salle. Stéphane était de la partie, je ne savais pas pourquoi. Sans doute mon patron voulait-il le maximum de témoins, ainsi l'autre n'oserait pas en venir aux mains.

IL contenait sa rage. Seuls des tics nerveux transparaissaient, le rendaient humain. Une paupière palpitait : blink, blink, blink.

- Messieurs, comme vous le savez je suis le directeur de la communication du groupe pharmaceutique …(toussotement léger de Stéphane) et, je vous le rappelle, nous sommes désireux de lancer un site Web en même temps que notre nouveau produit, le Glandulator XXP.

Je ne sais pas ce qui s'est passé, je n'ai pas pu m'en empêcher.

- Ah oui, j'ai lu un article là dessus dans le Canard Enchaîné, c'est le produit qui a déjà causé des arrêts cardiaques lors des tests préliminaires et qui…

Tous me fixèrent. Tous haineux, sauf Stéphane, goguenard, et mon patron, au bord de l'asphyxie.

Grand seigneur, IL ne releva pas, mais je devinai que nous ne deviendrions jamais amis.

Finalement, la réunion se passa moins mal que prévu. JC nous gratifia d'une compilation de ses plus belles pirouettes. Il essayait de trouver des arguments techniques pour justifier le retard (ce qui lui aurait permis de me passer le relais), mais l'autre n'en avait cure. Stéphane essaya de faire quelques remarques, mais apparemment elles n'intéressaient personne : il n'était là que comme témoin. Je réussis à faire ma deuxième gaffe quand, avec un aplomb impressionnant, j'annonçai que la phase de tests et le suivi de projet seraient bien plus conséquents que ce qui avait été fait jusqu'à maintenant. JC et mon patron me faisaient des signes désespérés pour que je me taise, en vain. Le client eut l'air surpris. Il y avait de quoi : il n'y avait jamais eu de phase de tests et de suivi de projet. Pas l'ombre de leur commencement.

Enfin, après 3 heures de réunion et de nombreux compromis de mon patron (qui finit par vendre la prestation à un prix dérisoire, mais 'c'était un gros client qui allait nous ouvrir des portes'), nous conclûmes par de sérieuse résolutions :

- des entrevues régulières pour jauger l'avancement du projet
- une communication améliorée pour remonter le moindre problème.

Nous nous quittâmes, amis de vingt ans, et le client avait presque le sourire.

Vus les délais qui nous étaient imposés, et l'étendue de la tâche, on m'avait adjoint un développeur, en l'occurrence Anatole.

Les rôles furent clairement distribués : j'étais le fifre et lui le sous-fifre. La relation maître-esclave me convenait d'autant mieux que j'étais du bon côté du bâton.

Le travail commença. Nous avions l'ambition de travailler proprement et de façon transparente. Sinon, le client risquait fort de nous mettre au pilori ; une carotte qui en valait bien une autre. Après tout, ce projet ne s'annonçait pas pire qu'un autre. Ni meilleur.

Malin, le commercial avait fait en sorte que je sois l'interlocuteur privilégié du client, sans qu'il n'y ait de filtre entre nous. Cela ne me plaisait que moyennement : j'étais en première ligne, et j'allais tout ramasser : ses vrais problèmes comme ses angoisses du moment. J'espérais de tout mon cœur qu'il ne soit pas hypocondriaque.

Et évidemment, il l'était. JC m'avait bien manœuvré.

L'homme était du genre mouche du coche : il pensait qu'à piquer on motive. Et bzz bzz, il piquait, sans répit, sans relâche, pour notre plus grand plaisir.

9h10 : dring dring.

Selon l'adage de JC, "un client sans café est un client énervé". J'en avais la preuve. Il devait être pénible dès le réveil ; je me pris fugitivement de compassion pour son épouse et ses enfants. Levé du pied gauche, il commença par me hurler dans les oreilles.

- Je trouve que vous n'avancez pas bien vite !! Et votre dernier rapport est tout à fait insuffisant ! Quant à vos maquettes…

Il manqua de me fêler le tympan, l'imbécile. Quel sans gêne. J'avais posé le téléphone sur mon bureau, je l'entendais toujours vociférer à l'autre bout. Tout le monde en profitait dans l'open-space. Le niveau de décibels m'inquiétait : avec ses hurlements, il allait me détraquer le combiné.

- Non, quand mon ex-copine m'a appelé pour m'annoncer que j'avais oublié de lui souhaiter son anniversaire, il a tenu bon. Il n'y a pas de raison pour que ce soit pire cette fois-ci.

Anatole savait se montrer rassurant.

Je participais de temps à autre à la conversation, et il finit par se lasser. Avant de raccrocher, il me lança :

- …Et j'espère que c'est bien clair !!

Oh que oui.

9h45 : dring dring.

Encore le client. Un pénible. La septième plaie d'Egypte à lui tout seul. Des comme lui, je n'en souhaitais à personne.

- Oui oui, bien sûr, non, je n'ai pas avancé depuis votre dernier coup de fil, il faut dire que j'ai raccroché voilà à peine 5 minutes… Ca vous est égal ?… Oui, bien sûr, bien sûr, c'est vous le client …

10h22 : dring dring.

Je décrochai le téléphone, soulevai le combiné d'environ 30 cm et le laissai tomber : Bing ! Dans l'oreille !

Bien fait. On verra bien si tu rappelles.

Après tout, j'étais le chef.

Anatole et moi devions nous partager la corvée.

Un coup pour toi, un coup pour moi. Nos rapports devaient être fondés sur l'égalité.

J'avais donc essayé de faire prévaloir ma position de fifre en chef pour lui imposer tous les coups de fil. Mais il avait juste ri, comme d'une gentille blague que son petit dernier, trois ans et demi, lui aurait racontée. Il allait finir par saper mon autorité.

Finalement, pour nous départager, nous étions arrivés à instaurer un système de paris. Nous avions le droit de parier sur à peu près n'importe quoi : la prochaine chanson qui serait diffusée à la radio, ou la couleur de la robe de notre voisine de palier.

Gagner valait de ne pas prendre le prochain appel du client. A ce petit jeu, la mauvaise foi était l'arme maîtresse.

- 3 coups de fil qu'on a du cabillaud à midi à la cantine.

- 3 coups de fil ? C'est trop.

- Attends, je suis tout de même précis : je ne t'ai pas dit du poisson, je t'ai dit du cabillaud. Ca vaut bien trois coups de fil. Si tu étais moins poltron, tu aurais tenu le pari.

- Espèce de voleur, escroc à la petite semaine. Leur poisson, et tu le sais bien, c'est toujours du cabillaud. Et on est vendredi. Foutu arnaqueur. On ne peut pas dire que tu te mouilles.

On s'amusait d'un rien.

A notre décharge, le travail était très long, et franchement fastidieux.

C'était du moins la conclusion à laquelle j'arrivais invariablement en fin de journée : "Encore une fastidieuse journée".

Notre projet était très ambitieux. Le client avait découvert les bienfaits des technologies Internet et Intranet, et il désirait un produit qui serve à la fois de vitrine auprès du grand public et d'outil de communication au sien de sa société. La diffusion d'informations avait existé de tout temps, depuis les coups de massue néandertaliens (une forme rustique de morse) au coursier à vélo, mais ce que les "Nouvelles Technologies" pouvaient apporter en plus, c'était une réduction drastique des coûts et une fiabilité accrue. Du moins en théorie : à y regarder de plus près, les technologies n'étaient ni vraiment des plus robustes, ni vraiment bon marché ; mais les hommes du marketing avaient inventé le babillage adéquat qui en faisaient des « outils du futur, à utiliser dès maintenant ».

Technologies avancées peut être, mais qui ne nous dispensaient en rien de suivre quelques élémentaires règles de gestion de projet. Là était le problème. Au sein de notre entreprise régnait ce qu'un spectateur indulgent aurait qualifié de "joyeux amateurisme". Nous pataugions. Nous parvenions chaque jour à repousser les limites de la désorganisation. Notre gestion de projet était évanescente. Vaporeuse, voire fumeuse. On ne nous demandait pas de compte. Nous étions seuls avec le client, et nous aurions pu lui dire tout ce qui nous passait par la tête. Pas d'encadrement et aucun échange avec les autres équipes : nous ne savions même pas sur quoi ils travaillaient. Dans une société de quarante personnes, c'était difficilement pardonnable. Et quand nous abordions le sujet auprès de notre hiérarchie... ce n'était vraiment pas un sujet à aborder. Nous étions en train d'acquérir de mauvaises méthodes de travail.

Et dans ces conditions difficiles, Anatole râlait.

Il râlait souvent, en fait. C'était pour lui une façon comme une autre de communiquer.

- Quoi ? Il faut prévoir des pages d'administration pour la gestion des clients ? Jamais de la vie, blablabla, moi vivant, jamais au grand jamais elles ne seront faites, il faudra me passer sur le corps !!

Il devenait prolixe, limite lyrique. J'étais admiratif.

Et pourtant, une fois la baudruche dégonflée, il les faisait, ses pages d'administration, en bougonnant un peu, mais sans mauvaise volonté. Cela devenait entre nous source de plaisanteries.

Malgré notre masse de travail, nous avions le temps de discuter. Et quand nous ne l'avions pas, nous le prenions. Parler d'avenir, ou de présent. Nos conversations s'axaient invariablement autour de meilleures conditions de travail ou de tâches plus exaltantes. On se tuait le moral à petit feu.

En ce tout début d'année 2000, les Start up sur Internet étaient sous les feux des médias. On mangeait du 'Internet' à toutes les sauces. Quel magazine aurait osé louper le coche ? Quel rédacteur aurait pris la responsabilité de ne pas parler de ce qui était en train de s'imposer comme un fantastique phénomène de mode ?

La presse et la télé avaient déjà bien cerné le potentiel du sujet : une bonne source de reportages pas trop compliqués à boucler, et qui permettraient de tenir lors de journaux de 20 heures un peu justes en contenu. Il y avait toujours une petite anecdote à replacer, l'incroyable et fulgurante réussite d'un Golden Boy du Net. On réchauffait des sujets qui finissaient par n'avoir plus de goût.

Ce qui impressionnait le plus, c'était le rythme de croissance des entreprises du Net. Dans la "vieille économie", celle des "ringards" de la fin du millénaire, on prenait son temps pour investir, on réfléchissait, on pesait le pour, le contre, le mou, le dur, le chaud, le froid. Placer de l'argent dans une société ne pouvait s'envisager à la légère : rentabilité et viabilité à long terme pesaient d'un poids déterminant.

Par comparaison, les Start up semblaient dopées aux hormones de croissance : elles poussaient très vite. Elles peinaient parfois à trouver leur équilibre : grandir si vite donne le vertige. Mais surtout elles forçaient les investisseurs à devenir des joueurs, des parieurs.

C'était le rush, la ruée vers l'or, la grande Roulette. La frénésie gagnait. Il fallait coûte que coûte "surfer sur la vague". Et cela fonctionnait plutôt bien pour les petits malins qui avaient déjà obtenu des millions. Plus fort que le loto, les jeux télévisés ou les fonds de pension : la Start up Internet.

La simplicité de la recette étonnait : il suffisait d'avoir une idée, vaguement originale, et d'être convaincu de son potentiel. Très important, la conviction : être convaincu et convaincre les autres.

L'idée d'Untel n'était qu'une ébauche ? On lui donnait de l'argent pour la finir.

Le projet de Machin ne vendait rien, Machin n'ayant pas pensé aux rentrées d'argent ? Un simple petit détail technique : un ou deux bandeaux de publicité suffiraient à assurer la rentabilité.

Ces perspectives me faisaient rêver. Oh, non, pas pour l'argent facile qu'elles laissaient entrevoir, je ne me pensais pas vénal à ce point ; plutôt parce qu'elles offraient les moyens de réaliser ses propres projets, et d'y croire.

A mon enthousiasme un rien exubérant s'opposait le scepticisme bourru d'Anatole, le bon sens du paysan à qui on ne la fait pas.

- Je ne vois pas pourquoi les gens investissent tellement dans des affaires qui ne produisent rien. C'est complètement idiot. Il faut vraiment que les gens aient la cervelle fondue. J'en suis sûr, l'effet de serre rend les gens idiots, et ils se mettent alors à spéculer dans le Net.

- Mais arrête de caricaturer : les Start up créent de nouvelles activités ; elles vendent de l'information. Elle est finie ta révolution industrielle : nous travaillons dans une société qui fait du service, donc du 'rien', du vent, du 'non palpable'. Du virtuel, des applications qui vont servir à trois ou quatre clampins, qui n'en ont pas besoin mais qui en profiteront pour nous couvrir d'injures si ils leur trouvent la moindre chose à redire. Ca ne te paraît pas un peu idiot, ça aussi ?

- Tu es désespérant. Dans notre cas à nous, les clients expriment un besoin. Qu'il soit avéré ou non n'est pas mon problème. Les gens qui décident de l'application et ceux qui l'utiliseront ne sont peut être pas les mêmes : je m'en moque éperdument. Mais moi, je ne suis pas là à essayer de vendre un frigo à un pingouin. Je ne suis pas en train d'essayer de susciter un besoin ridicule de virtuel chez le consommateur. Je ne suis pas un marchand de soupe. Tes Start up ne peuvent pas en dire autant.

- Tu es jaloux et aigri, Anatole. Ton travail t'abrutit, tu perds les quelques neurones que l'alcool t'a laissés, et tu te mords les doigts maintenant de voir des types qui ont 20 ans et qui roulent en Porsche, alors que toi tu as à peine de quoi t'offrir une carte orange. Tu te dis : moi aussi, j'aurais pu, mais tu es vieux dans ta tête et tes rêves restent cloués à terre. Du coup tu préfères râler.

Nous aimions à piquer l'autre au vif, dans des semblants de joutes oratoires qui faisaient le plaisir de notre auditoire. A défaut d'être enrichissantes, ces conversations nous amusaient.

- Ecoutez moi ce pauvre type. Ca y est, il voit quelques gogos d'investisseurs qui se font pigeonner par des irresponsables boutonneux à peine sortis de l'adolescence, et ça le fait rêver. Tu es au courant que tes Start up multimillionnaires sont souvent dans le rouge cramoisi, question compte en banque ? Un gestionnaire pas complètement demeuré aurait déjà fait faillite depuis longtemps. Mais eux, non : tant qu'il y a de l'argent à perdre, ils sont heureux. Je préférerais que ces sociétés vendent des encyclopédies ou des pèse personnes. J'aurais un peu plus l'impression qu'elles contribuent au cycle économique. Pour l'instant, elles ont surtout l'air de faire travailler les banques.

Complètement obtus.

- Ce genre de discours, des types l'ont fait avant toi. Ils disaient au début du siècle que, dépassé 40 km/h, un être humain dans une automobile ne pourrait plus respirer. Si on les avait écoutés, on mettrait encore 3 jours pour faire Paris-Marseille.

- N'importe quoi et son contraire. Complètement à côté de la plaque, en plus. Et comment tes héros dans leur Start up finiront par payer les factures d'essence de leur Porsche ? En vendant de la pub ? Il y a tant d'argent que ça dans la pub ? Va falloir en vendre un bon paquet, à mon avis.

Ok, il marquait un point.

- Oui, mais, Internet est un nouveau moyen de communiquer. Ce qui veut dire que tu raisonnes encore comme avant que cela existe. Ce qui prouve que tu n'as pas compris que nous avons affaire à de nouveaux réflexes et à de nouveaux besoins. Essaye de penser au présent, s'il te plaît.

- Mouais, traite moi de dinosaure, mais pour moi, un sou est un sou. La spéculation ne m'a jamais plu, et j'ai l'impression que tout ce qu'on fait dans le Web, c'est spéculer sur de la richesse qui n'existe pas et qui n'existera jamais.

Soit, j'étais partiellement d'accord avec lui. D'un autre côté, ce qu'il ne voyait pas, c'est que grâce à ce système spéculatif, on allait pouvoir financer très vite des entreprises qui auraient mis 10 ans dans le système classique. C'était ça, aussi, l'intérêt.

Il revint à la charge.

- Ce que je crois, c'est que ces sociétés se développent trop vite. Les patrons, ce sont des mômes d'à peine 20 ans, on l'a dit. On leur propose une brouette de fric pour développer leur business, mais ces types-là ne sont pas des gestionnaires, juste des concepteurs, des types qui ont des idées. Pas forcément des idées de génie, d'ailleurs. Et ils n'ont pas forcément les pieds sur terre, non plus. Eux, ce qu'ils veulent, c'est développer leur bazar. Pas qu'il soit rentable. Moi, je peux le comprendre ; quand j'ai fait mes études, si on m'avait proposé de financer une de mes élucubrations grotesques, j'aurais sauté sur l'occasion, et j'aurais laissé à d'autres le soin de s'occuper des trucs pénibles, comme de savoir comment on allait gagner de l'argent.

Moi, j'avais vraiment fait mes études trop tôt. On avait voulu m'inculquer l'amour des matières scientifiques. Jamais on ne m'avait dit : "Vas-y, monte ton entreprise, on va même t'aider un peu". Ce n'était pas rentré dans les mœurs. Peut être que nos enseignants se méfiaient de la jungle du secteur privé. Peut être qu'ils avaient un peu peur de se risquer sur ce terrain, et d'y laisser des plumes. Peut être que ça ne faisait pas partie des directives du Ministère de l'Enseignement Supérieur. Il y avait bien une raison.

Cette ruée vers Internet allait peut être aider le mouvement, à condition que les Icare en puissance ne grillent pas leurs ailes trop vite. Il s'agissait de démystifier le concept.

En tout cas, discuter avec Anatole m'avait convaincu : il était grand temps pour moi de rappeler Sébastien.

CHAPITRE 5

Le rendez vous avec Sébastien eut lieu le lendemain matin. J'avais prétexté à mon bureau une rage de dents carabinée et foudroyante : les pires.

Je le retrouvai dans un café, non loin de son lieu de travail ; je préférais un endroit neutre, dans lequel nous pourrions nous exprimer librement. Le bistrot était quasiment vide : à cette heure là, les 'honnêtes gens' sont déjà en train de travailler, et les poivrots en train de cuver.

Sébastien arriva peu après moi. Il était, comme à son habitude, très élégamment vêtu. Il conjuguait facilement sobriété et classe quand je peinais à marier jean et pull-over. Armani en personne. Je ne pouvais m'empêcher d'être jaloux.

Il était survolté.

A ce qu'il m'en dit, sa vie était devenue un véritable foutoir depuis qu'il s'était fait à l'idée d'être son propre patron. Il était en fait en 'disponibilité' depuis une semaine.

Avant cela, il avait tenu le rôle de développeur-commercial dans une SSII. Rien de très original. Ses missions se révélèrent suffisamment inintéressantes d'un point de vue intellectuel et pécuniaire pour avoir envie de partir le plus vite possible. Son patron, qui le pressurait, tenta bien une petite séance de larmes et de suppliques. Manœuvre un peu tardive. Sébastien resta inflexible et put même négocier un mois de préavis. "Homme libre, toujours tu chériras la mer".

Il était donc là, assis en face de moi, moulin à paroles vivant, brassant l'air endormi du bistro.

- Et depuis une semaine, j'ai du boulot par dessus la tête. Tout est à faire. Il faut trouver les associés. Peaufiner le projet. Prévoir les dépenses. Ecrire et réécrire encore le Business Plan. Prévoir le financement. Réaliser le dossier commercial. Trouver les associés, je l'ai déjà dit, c'est le plus important. Chercher les partenaires…

En salves brèves, Sébastien me narrait ses occupations actuelles. Les mots crépitaient à mes oreilles. Intérieurement, je plaignais ses proches.

Mais il se fit soudain plus grave. Nous allions passer à un stade supérieur d'intimité. Nous allions enfin aborder les choses sérieuses.

- Tout d'abord, je préfère te prévenir que je ne te détaillerai pas mon idée en entier. J'attendrai d'être sûr que tu te joins à nous ; tu vois, j'ai beau te connaître, je n'ai pas envie de tout dévoiler et de me faire souffler le projet.

Sa confiance m'honorait.

Il m'amusait, avec sa suspicion. Il me faisait penser à ces vieux films d'espionnage, quand le réalisateur veut faire comprendre à ce demeuré de spectateur qu'à ce moment-là, l'espion va trahir la mère patrie (des secrets capitaux concernant l'élevage de l'esturgeon dans la Baltique, pour un espion russe). Le patron, au comptoir, le regard bovin en essuyant les verres, devenait une menace potentielle. L'étudiante qui potassait son cours, n'avait-elle pas lorgné une ou deux fois dans notre direction ? Et le garçon de café, à l'air chafouin : n'était ce pas un micro canon qu'il dissimulait sous son plateau ?

- Tu ne deviendrais pas un peu cinglé ? Tu peux me la raconter, ton idée. Si je la trouve bonne, je travaillerai avec toi ; sinon, tu pourras la garder et t'en faire du petit bois.

Il commença à me raconter son affaire.

- Bon, tu n'es pas sans savoir que l'Internet est en pleine explosion. Les Nouvelles Technologies recèlent un potentiel dont on a encore qu'une idée assez vague. Les investisseurs commencent seulement à réaliser l'étendue des possibilités qu'offrent les Start up. Nous sommes dans une nouvelle ère de communication…

Pitié ! Il me re-servit les clichés que colportaient depuis des semaines tous les médias de France et de Navarre.

- …La plupart des créateurs sont jeunes, ont pas mal d'idées et de concepts nouveaux, souvent inédits, et ça, ça va faire un bon coup de balai chez toutes les vieilles barbes habituelles qui traînent dans les conseils d'administration.

Allez les jeunes ! Mort aux vieux ! Un peu sommaire, comme programme politique. Il était temps de stopper la logorrhée.

- Très bien, très bien. Tu es en train de me dire qu'il suffit d'être jeune pour monter une société dans le Web qui marche du feu de Dieu. C'est un concept intéressant. Mais le gros problème qui subsiste dans tout ça, c'est de faire d'un site Internet une activité rentable. On ne vend rien, on ne loue rien, les internautes viendront sur le site gratuitement. Je prends un exemple idiot : si on vendait des carottes, je serais rassuré, parce que les gens aiment bien les carottes. Or, d'après ce que tu m'as dit, notre service sera totalement gratuit, je suis donc inquiet.

Les arguments d'Anatole m'avaient ébranlé ; j'en profitai pour transmettre mon angoisse. Et aussi pour tester les capacités de vendeur de Sébastien ; un échauffement pour les investisseurs qu'il serait amené à rencontrer.

- Pfffu, tout de suite les arguments classiques de la vieille économie. Vois-tu, il va te falloir apprendre à raisonner un tout petit peu au dessus de tes moyens.

Charmant.

- Sache que, oui, nous allons vendre. Il est hors de question de faire du bénévolat, et je n'ai aucune envie que nous soyons reconnus d'utilité publique. Je pense qu'un pan de la réflexion t'a échappé. Je reprends donc pour celui du fond, près du radiateur et qui n'écoute rien. Le site Web en question est un site grand public. Dans grand public, il y a grand, et public.

Il commençait à m'échauffer, l'animal.

- Public, cela veut dire quiconque allant sur Internet. N'importe qui. Nous ne visons pas une frange particulière de la population, nous ferons dans le gros ratissage. Fais-moi confiance, nous allons leur fournir un site qu'ils auront envie de visiter.

Il prit l'air embarrassé.

- Bon, je vais t'en parler un peu.

Pas trop tôt…

- En un mot, il s'agit d'un site portail, c'est à dire d'un site que tu consultes et qui te redirige ailleurs, je te préciserai cela plus tard. Or, les gens que nous redirigeons représentent…

Joker.

- … des consommateurs potentiels, tu es un peu long à la détente. Et ces consommateurs, nous allons pouvoir leur présenter de la … de la … publicité, bravo.

Je rangeai ma susceptibilité au placard.

- Mais là où nous allons faire très fort, c'est que nous allons avoir une population d'internautes qualifiée. Je vais t'expliquer. A la télévision, sur le créneau 20h à 20h30, les annonceurs passent leur publicité, et payent l'espace au prix fort auprès des chaînes. Quand une marque de lessive passe un spot à ce moment-là, elle veut toucher le maximum de gens, et du coup elle arrose tout le monde : les acheteurs potentiels comme ceux qui n'en ont rien à braire. D'où une sacrée perte d'efficacité. Réfléchis un peu : ce qui serait susceptible de faire saliver les vendeurs de lessive, ce serait de présenter la publicité directement à des clients potentiels, visés par le produit ; et c'est là qu'entre en jeu la notion de population qualifiée.

- Et comment comptes-tu la "qualifier", comme tu dis ?

Il prit son souffle.

- Je m'explique. Nos utilisateurs vont venir et se balader, ok ? Ils vont se déplacer sur le site, agir en cliquant sur des boutons, en remplissant des zones de texte, en s'orientant vers telle ou telle page, en choisissant telle ou telle fonctionnalité. Nous, derrière, on enregistre tout. Absolument tout ce qu'ils font, rien ne doit nous échapper. Ainsi, nous aurons une bonne grosse base de données d'informations. Les gens s'inscriront, donneront leur nom et les infos personnelles que nous leur demanderons. M. Machin a cliqué sur un lien qui l'amène vers un site de voitures ? Soit, il doit donc aimer l'automobile, peut être est-il en train d'en rechercher une. Les marques de voiture peuvent être intéressées. Ainsi que les assurances. Ou les loueurs. Ou les sociétés de crédit. Et si ce fameux M. Machin affine sa recherche, nous en saurons alors un peu plus sur lui ; nous pourrons le 'qualifier' davantage. A terme, il n'aura plus de secret pour nous. Nous pourrons lui envoyer une publicité qui correspondra exactement à son profil de consommateur. En conséquence, les annonceurs seront à nos pieds pour diffuser leur publicité chez nous. Finalement, le seul effet pervers de ce système, c'est que nous aurons certainement du mal à gérer tous ces millions…

Ca y est, il était devenu fou. Mégalomanie aggravée, paranoïa aiguë : le vrai cas d'école.

- Intéressant, en effet…

Mauvaise réponse. Il se déchaîna soudain, lui si calme d'habitude.

- Intéressant? C'est tout ce que tu trouves à dire ? Nous sommes juste en train de révolutionner la notion même d'espace publicitaire !! Balayé, le concept de marketing sur un media !! J'espère que je n'ai pas trop ennuyé Monsieur avec mes idées "intéressantes".

J'avais déshonoré son Idée du Siècle. J'allais devoir me repentir subtilement .

- D'accord, d'accord, je cache mon enthousiasme, c'est tout. En fait, c'est une très bonne idée, mais elle reste néanmoins axée autour de l'idée de bandeau publicitaire. Or, en ce qui me concerne, en tant qu'internaute moyen pas plus intelligent que la moyenne, je tiens à le préciser, je ne les regarde même pas, ces bandeaux publicitaires. Et je ne pense pas être un cas d'espèce. Alors ?

Il ne semblait même pas décontenancé. Il avait dû potasser son dossier ces jours derniers.

- Très bien, bonne remarque, ne mettons pas tous nos œufs dans le même panier. Les bandeaux publicitaires, il est vrai, ne sont pas très populaires auprès du grand nombre ; il s'agit plutôt d'un mal nécessaire, perçu comme tel, et vu comme indispensable pour financer les sites. Soit. Mais l'essentiel est là : notre population qualifiée. Les internautes n'aiment pas la pub' ? Nous pourrions la leur vendre, en échange de services ou de marchandises promotionnelles ; des chaînes de magasins font déjà ça, et ça a pour effet de fidéliser la clientèle.

L'idée paraissait tenir la route.

- Nous pourrons aussi revendre les fichiers de clients à des offices de marketing ; ces messieurs-dames sont prêts à les payer chers ... Nous allons servir de collecteurs d'informations, en leur donnant une véritable valeur ajoutée. C'est ce produit fini que nous allons vendre, et crois-moi il intéressera plus d'un client.

A la lumière, il avait des yeux verts – vert dollar. Je commençais à y croire, moi aussi. Oubliées, les objections d'Anatole.

- Sébastien, ça me semble pas mal du tout, cette affaire. Maintenant, la douloureuse : combien cela va t'il nous coûter ?

C'était un volet délicat.

- Tout d'abord, la question de la structure juridique. Nous pourrions opter pour une SARL : 50000 francs de capital. Mais nous serons bien plus crédibles avec une SA. Pour une Société Anonyme, le capital est de 250000 francs, dont nous devrons verser la moitié à la création de l'entreprise, et le reste au bout de 5 ans, avec 7 associés au moins. A priori, nous serons quatre dans la société, un bon chiffre : ni trop, ni trop peu. Suffisamment pour bien bosser, pas assez pour se taper dessus. Pour les trois autres, on trouvera des faire-valoir : famille, amis, connaissances diverses… Cela nous fait donc 250 000 francs divisés par deux divisés par quatre, à fournir au lancement de la société.

Cela allait attaquer mon budget "dernière tournée avant la fermeture, patron".

- Et avec cette somme, nous devrions pouvoir assurer sans trop de peine les premiers achats et le développement de la maquette du site. Ce qui est très important et qu'il ne faudra surtout pas perdre de vue, c'est qu'il va falloir tenir sans rentrées d'argent pendant quelques mois. Une fois terminée, nous présenterons la maquette aux investisseurs et, grâce à notre immense talent, les picaillons vont pleuvoir. En analyse prévisionnelle, j'ai calculé qu'il nous faudrait, pour la première année, un investissement d'environ 10 millions de francs pour vivre.

- Quoi !! 10 millions de francs !! Tu veux quoi, un casse à la banque de France ?? En sacs de petite vieille, ça fait un tas. Il va falloir industrialiser le racket !

Rester pragmatique, surtout. C'était une règle de vie.

- Oui, cela semble énorme à première vue, mais réfléchis un peu. Tout d'abord, il va falloir nous verser des salaires. Et puis payer nos employés ; il nous faudra des gens pour faire tourner la baraque. Puis la publicité : nous allons avoir besoin de communiquer, en grand, pour que les gens nous remarquent et viennent chez nous. Ce qui coûte, je ne te le cache pas, extrêmement cher.

- On pourrait faire un coup médiatique, poser nus à la Défense en jouant de la trompette… Non, c'est idiot, d'accord.

- Oui, complètement idiot. Nous allons aussi avoir les locaux, l'assurance, le matériel, les licences de logiciels à acheter, et j'en passe. Mais j'ai gardé le meilleur pour la fin ; j'ai fait une première évaluation de la société : quand nous tournerons à plein régime, nous vaudrons au bas mot …

Roulement de tambour.

- …160 millions de francs.

Un grand silence se fit dans le café, tout à coup.

Deux mouches se rejouaient le bol d'Or 1987 entre les lustres, et le patron, rêvassant mollement, astiquait ses verres en pensant à ses vacances, trois semaines de pêche à la ligne, ce serait bien mérité, à la mouche ou à la volante.

- Ce qui nous fait, si je divise par quatre, 40 millions de francs ; c'est le prix de la part de la société que chacun de nous possèdera si tout se passe bien, évidemment.

Quelle chaleur, dans ce bistrot, soudain.

J'essayai de parler.

- Oui, effectivement, ah la la, oui, ça peut être assez intéressant ton histoire, je ne sais pas vraiment il faut que je réfléchisse je dois voir mon agenda si je n'ai rien de prévu dans le mois à venir, je ne sais pas vraiment je ne sais pas.

Trente secondes de réflexion, montre en main.

- Et on commence quand ?

CHAPITRE 6

J'appelai Sandra, juste après mon entrevue avec Sébastien.

Sandra était une très bonne amie. Juste une très bonne amie, en fait, et cela depuis déjà… 4 ans. Je m'étais fait une raison, j'étais le confident et le fidèle compagnon, ce n'était déjà pas si mal.

Coup de chance, elle était chez elle. Business-woman, comme on disait, éternellement par monts et par vaux. Je pus lui raconter toute mon histoire, sans omettre un seul détail, depuis mon actuel projet et tout le bien qu'il m'inspirait, jusqu'à cette perspective de Start up. Elle semblait emballée, quasiment plus que moi, par l'idée de pouvoir être son propre patron et de décider ainsi soi-même de son activité.

Elle travaillait dans un cabinet de conseil, emploi fort lucratif mais cycliquement dénué d'intérêt. Elle passait par des phases d'ennui qui finissaient par l'user. Si elle n'avait pas encore démissionné, c'était selon elle par manque d'imagination : elle ne savait pas quoi faire d'autre. Nous en avions débattu maintes fois, le sujet revenait souvent sur le tapis lorsque la déprime guettait. Ce qui expliquait son enthousiasme du moment pour mes projets d'avenir : une efficace catharsis à ses propres problèmes.

- C'est une très bonne chose, je pense, que de monter sa propre entreprise. En plus, les Start up marchent en ce moment, il y a donc une grande chance pour que l'aventure réussisse. Et si ça rate, que vas-tu y perdre ?

Je tempérai.

- Oui, bon, d'accord, ça a l'air bien, les petits jeunes qui font ça ramassent des brouettes d'argent pour développer leur projet et deviennent millionnaires à la fin de leur puberté. Le côté conte de fées, je connais, je me le repasse en boucle tous les jours. Mon véritable problème est ailleurs. Parce qu'une société, cela représente des sacrifices : il faut investir de l'argent…

- Tu en as plein, tu ne dépenses rien, tu es un vrai rapiat, ça ne te fera donc pas défaut.

- …merci, mais c'est aussi un boulot de folie…

- Peut être vaut-il mieux passer du temps sur des trucs constructifs, et qui servent au moins à son propre épanouissement, que de perdre son temps dans des activités inintéressantes, et qui en définitive ne seront jamais d'une quelconque utilité pour qui que ce soit.

Au ton de sa voix, on était dans une période sans.

Je cherchai les contre-arguments.

- …soit, on est jeune, on peut bien se tuer au travail. Mais la pérennité de la chose, tu y as pensé ?

- Si j'ouvre un tant soit peu les yeux, si par malheur je tombe sur un magazine ou que je regarde la télévision, je vois une Success Story ayant pour thème quelques jeunes ayant monté leur projet. La pérennité dont tu parles ne me fait pas trop peur. D'après ce que tu me dis, ton associé a l'air sérieux.

- Oui oui, il est sérieux, enfin il l'était à l'époque, peut être qu'il a changé, peut être qu'il est juste en train de monter une grosse arnaque pour me voler mes sous.

- Evite moi tes accès de démence, s'il te plaît, j'ai parfois du mal à te suivre.

- Enfin, autre argument de poids, cette expérience va me coûter plusieurs mois, durant lesquels je ne serai pas un gentil chef de projet ou un super développeur dans une société X ou Y. En un mot, je perds encore du temps pour faire mon trou.

- Je t'achèterai une pelle et une pioche, pour aller plus vite.

- Merci pour le réconfort.

- Ecoute, tes arguments pour ne pas monter ta boîte sont bidons. L'idée a l'air intéressante, tu rêves depuis des lustres de pouvoir faire ce qui te plaît réellement dans la vie et d'abandonner, au moins provisoirement, le statut de salarié. C'est une chance à ne pas laisser passer, si tu veux mon avis. Et si j'étais toi, je ne me poserais même pas la question.

Catégorique et sans appel. Je me faisais vraiment l'effet d'un crétin de demander un conseil.

- Oui, soit, mais…il est terriblement confortable d'être salarié. Et ce n'est quand même pas toi qui va me contredire, non ?

La gaffe. Au moment précis où j'ai prononcé cette phrase, je m'en suis voulu. Ce n'était pas très délicat d'en rajouter.

- Très sympathique de ta part. Oui, c'est confortable. Et oui, ça peut être très enquiquinant. Je passe par des périodes de quasi euphorie, où mon travail me plaît à cent pour cent, à d'autres périodes où je préfèrerais faire… autre chose, on va dire, n'importe quoi d'autre. Oui, c'est très confortable. Mais comme tu es jeune, un peu idiot et entreprenant, le confort, tu le laisses aux autres. Et si tu renonces à cause de ce pseudo argument, c'est qu'il n'y a vraiment chez toi aucun espoir.

- Bien, je vois que si je ne participe pas à cette Start up, je vais avoir l'écriteau "Trouillard de l'année" dans le dos pendant un bon bout de temps. C'est en soi une motivation suffisante.

- Excuse-moi si je suis un peu brutale, mais tu me sembles noircir le tableau. Bon, il faut que j'y aille ; mais au fait, accepterais-tu de te joindre à moi ce soir ? Il y a une soirée organisée par ma boîte.

- Ben, heu, je, ben d'accord, à quelle heure ?

Je n'aimais pas ce genre de traquenard, devoir prendre une décision dans l'instant, et une décision qui allait mettre toute ma soirée en l'air ; j'avais balbutié quelques mots, et j'étais condamné à subir ses collègues. Je priais pour qu'ils ne lésinent pas sur le bar. J'étais déjà épuisé rien qu'à l'idée.

La soirée avait lieu dans un hôtel particulier du XVIème arrondissement ; le genre de bâtisse dont le montant de location aurait fait blêmir mon banquier, lui si peu habitué à la gabegie. Bien sûr, pour être admis dans le sanctuaire, le port de la cravate était obligatoire. J'étais sûr d'en avoir une… Je dus me battre contre le bout de tissu, au grand amusement de Sandra.

- Tu as besoin d'aide ? pouffait-elle.

Très amusant, je manquais juste d'étouffer, pas de problème. Quant au costume, il fallut au préalable le dépoussiérer en profondeur, et ce ne fut pas une mince affaire. Il ne servait qu'épisodiquement, en général pour les entretiens de recherche d'emploi. L'essentiel, me répétais-je, était d'avoir l'air présentable.

La soirée débutait à 19h30. Le bâtiment était prestigieux ; une bonne idée du chiffre d'affaires de notre hôte. Deux types en livrée faisaient les plantons pour demander les cartons d'invitation. La mise en scène me semblait grotesque.

- Il ne manque plus que l'ambassadeur avec sa boîte de chocolats dans les mains…

- Un peu de tenue, veux-tu ?

D'accord, d'accord.

Un escalier majestueux surplombait le rez-de-chaussée. Tout en haut, un petit homme vif, les mains plantées sur la balustrade, les yeux nerveux parcourant l'assistance.

- Notre patron, me souffla t'elle.

Un silence respectueux se fit parmi sa cour. Puis le petit homme se mit à parler, fort et clair.

Je n'écoutais qu'à moitié, ça ne m'était pas destiné : le discours de galvanisation des troupes, "vous êtes vraiment très bons mais vous pouvez faire mieux encore", la sempiternelle rhétorique de l'émulation. Tous les poncifs y passaient.

Il annonça les résultats de la société, les perspectives, les objectifs, les grands défis qui attendaient tout le monde. Sauf moi, bien sûr, venu là en touriste.

Le discours dura bien quinze minutes. On n'aurait pas pu me dérober ma montre. Il finit par nous inviter à nous rafraîchir et à profiter de la soirée. Bienheureuses paroles !

La plupart des collègues de Sandra était dans la vingtaine. Je constatais, amusé, que la calvitie précoce faisait des ravages. J'en fit la remarque à Sandra, qui regarda mon crâne le sourire aux lèvres. Cette fille avait le chic pour vous agacer.

L'ambiance était assez propre, clinique en fait. Nous étions entre 'gens de bonne famille'. Cela manquait d'un peu de décontraction, d'un petit grain de folie. A la vérité, je commençais à me faire royalement tartir, mais j'avais promis à Sandra de ne pas lui faire honte.

Elle m'avait laissé près du bar, ayant aperçu quelques vieilles connaissances à qui il fallait, sacro-sainte politesse, qu'elle dise bonjour. Et je me retrouvai, tel Livingstone, perdu dans une jungle hostile. Heureusement, mes amis Bourbon et Vodka n'étaient pas très loin, je pouvais donc voir venir.

Elle revint au bout d'un quart d'heure. J'avais déjà lié connaissance avec une bouteille de pur malt très sympathique, avec laquelle je tuais le temps.

- On avait une conversation très intéressante sur les cours du houblon… Cette bouteille a des arguments, vraiment.

Nous rejoignîmes un groupe de quelques personnes. La conversation avait l'air assez joyeuse et plutôt animée, chacun faisait part d'expériences personnelles. Cela risquait d'être amusant. Nous prîmes la conversation en vol.

- … et donc, j'en ai acheté pour 6000 euros, je ne pense pas avoir fait une mauvaise affaire.

Des boursicoteurs. Ca risquait d'être rasoir.

- Oui, ils sont plutôt bien partis, leur introduction en bourse s'est bien déroulée, le titre a grimpé très vite.

- Ce n'est pas comme ce groupe de télécoms, les cours plafonnent…

- … ou comme cette société de matériel informatique, dont tu nous parlais tout à l'heure ; en fait, ce qu'il leur faudrait, c'est une bonne réduction de personnel, pour augmenter le cours…

La plupart se mirent à rire. Le bourbon remontait dans ma gorge. Vaguement sonné, j'attrapai le bras de Sandra et l'emmenai à l'écart.

- Attends, j'ai bien compris, là ? Ces types sont en train de parler de leur portefeuille d'action, et, je crois que j'ai rêvé mais tu vas me confirmer ma brève perte de conscience, l'un d'eux a bien dit qu'il faudrait qu'ils virent des gens ??…

Sandra avait l'air consternée.

- Oui, et le pire est qu'ils doivent vraiment le penser. Lui et les autres. Et si jamais cette fameuse société dont il parle licenciait, les actionnaires applaudiraient.

Bienvenue dans la vraie vie. Rez-de-chaussée, vous êtes dans la section Finance, 2 minutes d'arrêt. N'oubliez pas les patins, la femme de ménage vient d'être virée.

- Ca me fait froid dans le dos. Ces gens, plus tard, vont certainement être bien placés dans la hiérarchie de leur boîte, PDG, que sais-je. Et voilà leur façon de raisonner : acheter des actions, faire un maximum de profit le plus vite possible, prier pour un bon gros dégraissage et revendre après ?

J'attrapai un whisky qui se promenait, désœuvré, sur le plateau d'un serveur en costume, ridicule, et l'invitait à rejoindre ses congénères dans mon estomac. Je continuai.

- Ce ne sont donc ni plus ni moins que des pirates, en somme, des parasites : ils pompent ce qu'ils peuvent, jusqu'à la mort de la bête. Certains insectes ont inventé le système voilà fort longtemps, mais pour eux, il s'agit de survie.

J'avais vraiment l'impression de débarquer, avec mes principes moraux de jeune communiante, dans un congrès de requins à dents longues. Je mesurais l'étendue de ma naïveté.

Sandra acquiesça.

- Oui, tu as raison sur le fond, mais tout n'est pas complètement négatif dans ce système. L'actionnariat, les cotations en bourse, sont importantes pour les sociétés : ils sont souvent leur seul moyen de trouver des capitaux, et donc de se développer ou même parfois d'éviter la fermeture. Et ainsi le licenciement de tous les employés. Il y a des abus, le système est peut être perverti, mais à la base, il s'agit d'un mal nécessaire.

- Un mal nécessaire ? Mal, ça oui. Nécessaire, ça reste à voir. Avec ce fameux 'système', on ne fait qu'accroître l'argent des actionnaires, que j'appellerais "les riches" pour aller plus vite. Et les pauvres, ceux dont le licenciement permet d'augmenter le cours de l'action ? Quel mot ont-ils à dire ? "Oh, c'est pas grave, je trouverai un autre boulot, pas de problème" ? J'en serais étonné. Et tu vois, je vais même te dire autre chose : si je suis le seul que ça étonne ici, c'est que ces fameux "riches" ont très bien manœuvré. Malins, les gars. Ces types-là se sont dits : "si on reste les seuls à avoir des actions, la population dans sa grande majorité sera tôt ou tard contre nous ; elle va comprendre l'inégalité et voir qu'on a juste envie d'accroître notre capital. L'idée en or, c'est qu'on permette aussi aux gens du commun d'acquérir des actions ; oh, pas beaucoup bien sûr, il ne faudrait quand même pas qu'ils aient trop de poids. De toute manière, ils n'ont pas énormément de moyens, leur pourcentage restera donc limité. Et ainsi, ils deviendront eux aussi actionnaires. Comme ça, quand on appliquera des mesures de licenciement pour augmenter la valeur des titres, ces gens-là ne pourront pas nous en vouloir : ils auront eux aussi des actions, ils accepteront eux aussi une plus-value. Et comme ça ils nous foutront la paix". Voilà comment on muselle les bonnes consciences : elles aussi, finalement, elles ont intérêt à ce que les cours augmentent.

L'alcool m'échauffait. Je sentais se lézarder mes derniers résidus de bonnes manières. Sandra le sentait, et commençait à s'énerver elle aussi. Elle détestait les discussions qui finissaient en pugilats. Elle avait tendance, dans ces cas-là, à défendre les idées opposées, même si elle militait contre, histoire de mettre à jour les failles du raisonnement adverse. Un mode de pensée trop élaboré pour mon état éthylique.

- Bien sûr, mais ouvre les yeux : nous sommes dans un système capitaliste. Tu comprends ce que ça signifie ? Au lieu de tout condamner en bloc, tu ferais mieux de voir ce qu'il peut nous apporter, à tous, aux pauvres comme aux riches, au lieu de brandir tes principes, que je considère d'ailleurs comme parfaitement honorables.

Un autre verre, un autre serveur : un mouvement de poignet gracieux et hop, nouvelle dose. Mes mouvements devenaient de plus en plus difficiles à coordonner, je manquai d'assommer le serveur.

Notre conversation, en gagnant en décibels, avait attiré un nouvel auditoire. Des gens s'approchaient de nous, intéressés de participer à un véritable débat d'idées.

En fait d'idées, les miennes commençaient à vraiment s'embrouiller. Garçon, hop, merci, ça va mieux.

Un jeune consultant, certainement nouveau dans la société, prit timidement la parole.

- Je trouve que Sandra n'a pas tort. C'est vrai, il y a certainement des abus, mais la plupart des entreprises fonctionnent quand même pas trop mal, et embauchent des gens. Et ça, c'est plutôt positif.

Il avait l'air posé et réfléchi, comme garçon. J'aurais sûrement pu devenir son ami, dans une autre vie. Mais pas avec mon alcoolémie du moment ; il fallait absolument que je me défoule sur quelqu'un. Je pris l'air sarcastique.

- Ouais ouais, mon ami, peut être bien qu'elle a raison, après tout, comme tu as l'air de le croire. Soit, très bien. Mais tu vois, j'ai quand même bien l'impression que quelque chose se passe. Ouais, il me semble bien que les puissants ont trouvé un bon moyen de se mettre la populace dans la poche. Tiens, on va prendre ton exemple.

L'autre piqua un fard ; Sandra me regardait avec son air de réprobation extrême, celui qu'elle prenait juste avant de vous envoyer son assiette à la figure.

- Moi ?

- Oui, toi. Bon, tu bosses dans ta boîte depuis…

- Heu, un an.

- … un an, très bien. Depuis un an, tu es donc constamment débordé de travail. Les 35 heures, pour toi, c'est quasiment par jour, pas par semaine. Mais bon, tu as un salaire intéressant, suffisamment pour ne rien regretter. Car tu bosses comme un malade, je le sens…

Il avait l'air crevé, je ne me mouillais pas trop.

- Heu, oui, je travaille beaucoup… D'ailleurs, demain, c'est samedi, et j'ai un dossier à finir absolument pour lundi…

Il s'excusait presque en disant cela, et en regardant l'assistance, quasi gêné.

Je repris. Bon sang d'équilibre. Je m'accrochai à une table.

- Donc, tu travailles comme un fou. Les dépassements d'horaire, illégaux et condamnés par le droit du travail, tu ne connais que ça. Mais bon, après tout, ton Entreprise a besoin de toi, absolument besoin, tu ne peux donc pas dire non. Oui, ils pourraient embaucher, mais tu sais, "les temps sont durs, les gens compétents peu nombreux et les salaires qu'ils demandent sont astronomiques, alors pour l'instant, ce qui était chiffré à 2 personnes, tu vas le faire tout seul. Oh, mais ne t'inquiète pas, tu auras une belle prime à la fin de l'année, et ton augmentation sera très copieuse : c'est que chez nous, on récompense bien les individus qui s'impliquent pour le bien de l'Entreprise". Un petit discours lénifiant, et crac : moralité, tu passes ta vie à ton boulot, en te faisant complètement avoir.

Le type était déconfit. Comme s'il entendait quelque chose qu'il avait soigneusement essayé de ne plus se répéter. Sandra me regardait de son regard noir et ardent estampillé "Fais gaffe mon vieux, ça va barder pour ton matricule", celui qui précédait en général un cataclysme. Mais à ce moment là, l'alcool avait tué mes dernières inhibitions, et je m'en foutais comme de ma première chaussette. Je continuais à nous enfoncer, mon interlocuteur et moi.

- Moralité, tu n'as plus de vie hors de ton travail. Tes amis, ce sont tes collègues de boulot. Normal, tu n'as plus le temps de faire quoi que ce soit. Si tu cherches une femme…

Au fond de moi, j'espérais rester décent, mais j'étais posséder par le démon Scotch.

- …pareil, c'est sur ton lieu de travail que tu la trouveras. Les quelques personnes que tu fréquentes encore en dehors font le même boulot que toi, et ont les mêmes problèmes. Et donc tu déprimes. Enfin, disons, le week-end, quand tu as 5 minutes pour y penser. Alors, tu vas faire des courses, tu vas dépenser ton blé, celui pour lequel tu sacrifies toute ta vie, et tu vas t'acheter des trucs, des machins sans utilité, histoire d'avoir l'impression d'exister. Tu te mets à être au travers de ce que tu consommes. Tu n'as même plus le temps de te demander si ce que tu fais en vaut la peine… Tu n'as plus le temps, tout simplement. Tu es coincé. Quand tu étais petit, tu voulais vraiment devenir consultant ou je ne sais quoi ? Tu n'avais pas plutôt envie de devenir spationaute, ou cuisinier, ou médecin, ou quelque chose dans le genre ? Un truc qui fait rêver, un truc où tu peux sauver des gens ? Et là, tu te retrouves à voir ta vie défiler, morne, sans que tu en sois l'acteur. Tu n'es pas acteur, mon vieux, tu es juste travailleur. Les acteurs, eux, ils t'ont filé ce boulot de taré, ils te font travailler. Ils se disent dans leurs grands bureaux que tu es une bonne poire, pardon une bonne recrue, et qu'avec toi ils auront un contestataire de moins. C'est toujours ça de pris.

Il avait les yeux fixés sur ses chaussures. On aurait dit qu'il allait fondre en larmes. Sandra me jeta un dernier regard furieux. J'eus peur qu'elle m'assomme à coup de secrétaire Louis XVI, elle en avait la force, mais elle n'en fit rien. Elle se retourna, fendit la masse de gens agglutinés autour de notre pitoyable spectacle, et disparut. Je risquais de mettre pas mal de temps à la revoir.

Ce pauvre type en face de moi se sentait terriblement mal, par ma faute, et moi je ne pensais qu'à moi. Foutue habitude de dire des trucs pas drôles à entendre. Il faudrait que ça me passe.

J'attrapai un autre whisky volant, histoire de soigner ma future gueule de bois, et m'effondrai dans un canapé. Je devais vraiment participer à cette Start up. Je me sentais incapable de reprendre un travail normal, dans une société normale. Surtout pas après ce que je venais de dire. La logique, c'est bien tout ce qui me restait.

CHAPITRE 7

" Chers Patrons, j'ai grand regret à vous annoncer que je vous quitte. J'ai longuement pesé ma décision. Quelques années ont passé depuis que je suis entré à votre service. L'expérience a buriné mon front, et gravé dans mon esprit les fertiles sillons de la connaissance. J'ai tant appris, tant découvert grâce à vous que …".

Trop tortueux. En plus ils ne seraient pas dupes. Eux, donner les moyens de faire quoi que ce soit ? Quelle blague. Il leur fallait quelque chose de plus direct, d'un peu plus sec.

"Monsieur mon Employeur, j'ai beaucoup, oh ça oui beaucoup, travaillé pour vous. J'ai passé de nombreuses et précieuses soirées à servir loyalement les intérêts de votre société. Bien sûr, j'ai été payé en retour de votre reconnaissance…".

J'avais décidément une propension à verser dans l'hagiographie. Reconnaissance ? Mon œil. Si encore ils avaient su sur quel projet j'étais, ou encore ce que je faisais exactement au sein de l'entreprise. Plus bref, style uppercut, voilà ce qu'il fallait.

"Messieurs, je m'en vais. Et je m'en veux. D'être resté si longtemps, d'avoir si bêtement gaspillé mon temps chez vous".

Voilà qui sonnait mieux.

Rédiger une lettre de démission demande à la fois agressivité et componction. Agressivité car il est défoulant d'asséner certaines vérités. Componction pour qu'on ne puisse jamais prononcer le mot 'diffamation'.

La remettre à son patron, cela confine au jubilatoire. Un instant magique, durant lequel son vis-à-vis réalise enfin que les menaces de départ proférées six mois auparavant n'étaient pas des paroles en l'air.

Je m'apprêtais à le vivre, ce moment, j'en avais déjà le sourire aux lèvres.

J'avais opté pour un jeudi. Un jour parfait pour ce type de nouvelles. Il pleuvait, ça tombait bien. J'appelai mon patron pour solliciter une entrevue. Il n'avait pas le temps, bien entendu. J'insistai.

- C'est très grave, tu sais. Il faut que je te voie.

J'avais piqué sa curiosité au vif, et certainement déjà réveillé son ulcère. Son visage devait pâlir à vue d'œil au bout du fil.

- Viens me voir sans tarder.

Bien sûr, je traînais, je finis deux ou trois bricoles sans importance. Pour le faire attendre. Ce que certains auraient pu appeler sadisme, je le nommais pudiquement stratagème. L'attente, préambule idéal à une mauvaise nouvelle. Il fallait qu'il mijote.

Il était derrière son bureau, l'air profondément plongé dans ses pensées. Il avait bien sûr compris mes motivations, et il devait être en train d'imaginer un plan d'action pour me convaincre de rester. Non pas par sentimentalisme, je ne risquais rien de ce côté. Mais plus prosaïquement parce que j'avais acquis au fil du temps une assez solide expérience, et que l'expérience pour une société est une denrée coûteuse : en formation ou en temps perdu. Il devait être en train de calculer jusqu'à quel point il allait devoir m'augmenter pour que je reste, et cette simple idée devait déjà lui trouer l'estomac. Il attaqua, tout mielleux.

- Ah, entre donc, assis toi, ça va bien j'espère, et ton projet, tu t'en tires, Anatole travaille comme il faut, sur ce très beau projet, tu sais, tu as vraiment une chance folle de travailler dessus, il y a pas mal d'envieux dans la société qui aimeraient être à ta place, quelle chance tu as vraiment…

Hein hein. Il essayait de me convaincre que mes conditions de travail étaient merveilleuses. Inutile de dire qu'il ne faisait pas illusion, je l'avais trop souvent vu discuter avec ses clients.

- Ca va ça va, on a beaucoup de travail, mais on s'en sort à peu près. Enfin, quand je dis s'en sortir, j'espère juste que le client sera du même avis. On fait des choses, ça oui, on ne chôme pas. Est ce que ça correspond à ses attentes, en revanche, je n'en ai aucune idée…

J'en rajoutais un peu sur nos difficultés présentes, le voir transpirer me réjouissait beaucoup. Il réussit encore à pâlir.

- Et bien, écoute, et comme ça tu verras qu'on ne vous laisse pas dans une situation délicate, un nouveau prestataire va venir, heu … demain ou après demain pour vous épauler. Tu ne peux pas dire qu'on ne fait pas d'efforts…

Le coup du prestataire extérieur : une manœuvre désespérée pour finir le projet à temps. Pourtant, tous le monde le savait : dans le secteur informatique, aucun projet ne finit à l'heure. Aucun. Ou alors, c'est louche, c'est qu'il a été amputé de quelques morceaux. Après tout, comme le disait le baron de Coubertin, l'essentiel était de participer. Les informaticiens avaient fait leur cet adage.

- Un prestataire… C'est une bonne idée, bien qu'un peu tardive…

Je tournais autour du pot. Il n'en pouvait plus.

- Et alors, ta nouvelle importante… C'est ?…

- Je vais démissionner.

Ca a eu l'air de le rassurer. Il avait dû penser à quelque chose de beaucoup plus grave, dans le style "j'ai avoué au client qu'on allait pulvériser les dépassements de délai".

Il reprit vite une contenance. Il prit l'air inspiré du pasteur qui a décidé de remettre une brebis égarée dans le droit chemin.

- Ecoute, je comprends, tu es un peu sous pression, ce beau, ce très beau projet que tu réalises en ce moment est un peu délicat, il y a beaucoup de travail, et nous te sommes tous gré des efforts titanesques, tu m'entends, titanesques, que tu déploies. Tu sais, on ne te le dit pas souvent, mais nous sommes très contents de ton travail…

- Et de celui d'Anatole ? Il n'a pas le droit à un peu de reconnaissance ?

Il fut déstabilisé, réfléchit trente secondes et reprit son baratin.

- Oui, bien sûr, je ne l'oublie pas, mais chaque chose en son temps, focalisons nous sur toi, c'est de ta situation dont nous parlons, c'est ça qui nous intéresse à l'heure actuelle. Ton temps est précieux, je ne veux pas te le faire perdre. Je crois en fait que ce ne serait pas une bonne idée pour toi de partir. Non, pas une bonne idée. C'est trop tôt, beaucoup trop tôt. Tu as encore à apprendre, enfin, nous avons encore beaucoup à t'enseigner. Tu débutes en tant que chef de projet mais sous notre direction, tu pourras acquérir de l'expérience et épanouir tes compétences.

Les arguments classiques, il fallait s'y attendre ; il se mettait à me vanter de pseudos perspectives.

- Non, je ne pense pas pouvoir épanouir mes compétences, comme tu dis, ici, j'ai plutôt l'impression qu'elles vont se mettre à devenir rances. Je suis obligé de tout le temps travailler dans l'urgence ; avec Anatole on n'a même plus le temps de réfléchir au projet, on produit, on produit comme des fous, sans aucune priorité à la qualité de ce qu'on fait ; je crois que je vais finir par détester mon métier.

Je le voyais se tortiller sur sa chaise ; il était en train de préparer un argument imparable, sans aucun doute. On allait parler argent.

- Ecoute, je peux comprendre, si tu veux on peut sans doute trouver un terrain d'entente. De ce que tu me dis, il ressort que tu n'as pas vraiment l'intention de partir, mais que tu aimerais bien une compensation financière en échange du surcroît de travail que tu fournis. Soit, soit, ce n'est pas dans nos habitudes, nous préférons pratiquer l'égalité salariale pour nos employés, à compétence égale, s'entend bien, mais nous pouvons certainement arriver à un arrangement. J'aimerais juste que tu ne l'ébruites pas, si ça se savait, tout le monde ferait la même chose, et nos finances en souffriraient, tu comprends bien. Bon, et bien, c'est arrangé, allez, bonne journée, je ne te retiens pas.

Et il retourna à sa pile de papiers, fouillant dans ses dossiers. Je n'en croyais pas mes yeux. Se moquer de moi à ce point !

- Mais je n'en ai rien à faire de ton augmentation, tu peux te la...

Il leva un œil vers moi.

- Je vais partir, un point c'est tout. Je n'en peux plus de travailler ici. Je fais n'importe quoi, n'importe comment. J'ai l'impression de perdre mon temps, d'être dans un cirque. Nous sommes tous inefficaces, nous ne servons qu'à combler des trous. A chaque fois qu'un nouveau projet est signé, tu prends un ou deux types qui traînent, et hop, l'équipe est créée. Je ne veux plus bosser comme ça. Il n'y a pas de stratégie ici, pas de plan à long terme, et aucune envie de faire progresser les gens. Tout ce qu'il y a, c'est, des projets, donc du pognon, d'un côté, et des petits bonhommes de l'autre. Pas de gestion, pas de suivi, du moins tant que le client ne hurle pas. J'ai l'impression d'être sur un bateau qui coule, d'avoir des planches dans la main et de les clouer au fur et à mesure, pour endiguer la montée de l'eau. Ca ne me plait plus. J'ai appris ce que je pouvais, mais maintenant je ne découvre plus rien, je subis, je travaille comme un taré pour faire avancer un projet dont tout le monde, à commencer par toi, se fout éperdument. Cette société n'est pas armée pour ce type de projets. Nous n'avons pas d'expérience, nous faisons n'importe quoi : les gens qui débutent sont largués sur des sujets, et perdus corps et biens. Pas encadrés, sans méthode - Quelle méthode ? -, ils peuvent sévir un certain temps, et en toute bonne foi en plus. Je ne les blâme pas : ce n'est pas de leur faute. Moralité, les projets prennent du retard, sont mal foutus, les clients ne sont pas contents, et, au final, ça doit se retrouver sur nos factures, pas vrai ?

Il agitait la tête silencieusement. Ce n'était pas bon signe, chez lui, le silence.

- Tu me parles maintenant d'engager des prestataires extérieurs. Excellente idée. Avec un peu de chance, ils débuteront eux aussi, n'apporteront rien au projet, et coûteront un maximum. Ca ne me plait plus. J'ai envie de faire autre chose, par moi-même, même si je dois me planter et faire des erreurs, et bien, au moins, ce seront mes propres erreurs, pas celles que d'autres m'auront imposées.

Ah, j'étais bien content de ma tirade, je l'avais répétée toute la soirée. Je n'avais même pas bafouillé.

Il ne disait toujours rien.

En fait, il réfléchissait.

L'approche directe avait échoué, le contournement par le salaire aussi, il allait donc commencer à sérieusement se désintéresser de moi.

- Bon, bien, si notre façon de travailler ne te plaît pas, je ne te retiens pas. Tu critiques, tu critiques, mais tu es en charge d'un projet, et tu ne fais pas grand chose pour que ça s'améliore, on dirait. Tu es responsable, toi aussi, de ce "foutoir" dont tu me parles.

- Mais moi, je ne demande que ça, de faire de la gestion de projet, mais quand ?! On ne fait que colmater des brèches, avec Anatole, on plâtre, on soude, mais on n'a pas le temps de lever le nez de ce que l'on fait. Vous ne savez même pas ce que l'on fait, d'ailleurs, et c'est bien dommage.

- Et pourquoi tu m'annonces ça maintenant ? Au moment où tu pars, tout devient d'un seul coup invivable ? Ou est-ce que tu as accumulé tout ça sans m'en parler, et là, tu déballes tout ? Ma porte est tout le temps ouverte, je n'arrête pas de le dire ! Pourquoi tu ne m'en as pas parlé avant ?

Il marquait un point. Je n'avais pas été très souvent le voir pour lui parler de mes problèmes. A ma décharge, je ne pense pas qu'il en aurait eu quoi que ça à faire.

- Quand veux-tu que je te parle ? La nuit ? Ouvre les yeux : il y a les mêmes problèmes sur tous les projets ! Il faut vraiment tout vous dire, tout sous-titrer dans cette boîte ? Je ne suis pas Antiope ou Télétexte, moi !

On s'emballait, le ton montait. Il le sentit et tenta de calmer le débat.

- Bien, tu vas donc nous quitter, pour tes raisons, tout est de notre faute, évidemment. Ok, soit. Tout ce que je te demande, c'est de terminer le projet. En trois mois, cela devrait être possible.

Trois mois ! Argh ! C'était la durée légale d'un préavis. Je n'avais aucune intention de faire trois mois, je ne le pouvais pas, la Start up me réclamait à cor et à cri. Et si il venait de m'en parler, c'est qu'il tenait à aborder le sujet. Il était du bon côté du bâton. Dans notre convention collective à nous autres, les gens des "bureaux d'études", nous étions à la merci de l'employeur : nous avions des heures pour chercher un nouvel emploi, en cas de démission - ce qui pouvait dans mon cas réduire la durée d'un préavis - , mais l'entreprise était libre de placer la moitié de ces heures où elle le désirait. Moralité : si mon employeur ne voulait pas que je parte avant mes trois mois, j'étais contraint de rester jusqu'au bout.

- Trois mois… hmmm… Je pense que le contrat serait terminé en moins de temps que cela si on serrait un peu la vis au client. Seulement, il va certainement vouloir des améliorations ou des modifications non prévues au contrat.

Je me fis doux comme un agneau.

- Moi, je pense qu'une chose intelligente serait de passer le relais progressivement à Anatole, en ce qui concerne la responsabilité du projet. Fais le calcul : imagine la situation dans trois mois, quand je serai parti. Si je ne lui transmets pas le flambeau tout de suite, et si plus tard il y a des problèmes sérieux sur l'application, qu'est ce que vous ferez ? Vous m'appellerez ? Je n'aurais peut être plus le temps de m'occuper de vous…

Il comprit à demi mots que je pourrais fort bien faire la grève du zèle pendant mon préavis. Il devait être en train de peser le pour et le contre. Qu'est ce qu'il allait pouvoir inventer ?

Il tenta, dans un dernier sursaut, la stratégie du sentimentalisme bon marché : « Cette société t'a instruit, t'a nourri… ». Tout à fait déplacé. Je restai ferme.

- Le mieux serait, je pense, que je parte, mettons… d'ici un mois.

Je mettais le paquet, il fallait qu'il croie à ma démobilisation.

- Oui, je suis vraiment démotivé par le boulot, par la façon de faire… Je m'en rends compte, je commence à mal travailler, je n'arrive plus à m'appliquer, Anatole a vu plein d'erreurs dans mes programmes…

Les gros sabots. Avec ça il ne pouvait pas ne pas comprendre, il n'était pas idiot.

Il me scruta, attentif, essayant de voir si je bluffais. Il décida de ne pas prendre de risque.

- Bon, on verra ce qu'on peut faire. Ferme la porte en partant.

Finalement, ça s'était plutôt bien passé. Bientôt la liberté.

Un prestataire arriva effectivement le lendemain, tout droit issu d'une SSII concurrente. Crise du personnel oblige, il n'y avait personne en interne pour répondre à notre besoin. Mon patron avait dû rameuter la terre entière pour trouver quelqu'un de libre, qui pourrait nous aider à finir ce projet cauchemardesque.

Je lus le CV du consultant, histoire de savoir sur quelle partie je pourrais l'affecter. C'était plus complet qu'une carte de grand restaurant. Il devait avoir au moins 120 ans pour maîtriser autant de technologies, et pour être allé chez autant de clients. Cela sentait le gonflement de CV.

Je connaissais le principe : étant donné qu'un prestataire devenait "expert" dans un domaine après 2 ou 3 jours de formation – la qualité de l'expertise en question étant une donnée toute relative - , un mois d'inter contrat au siège d'une SSII donnait droit au badge d'expert dans 8 domaines techniques différents. Et visiblement, ce garçon avait passé au moins deux mois d'inter contrat. Misère. J'espérais qu'il avait au moins les bases.

- Bon, on va attaquer mollo, tu viens d'arriver, il va te falloir quelques jours avant d'être vraiment opérationnel. Je ne te cache pas que nous allons avoir besoin de tes compétences très vite. Pour te décrire en deux mots le projet, en fait, il ne s'agit ni plus ni moins que d'une application en Intranet, reliée à notre base de données. Que du classique, pour toi, en somme. Notre client est…

Il m'interrompit, visiblement gêné.

- Heu, excuse moi mais… Enfin, voilà, qu'est ce que tu entends au juste par "Intranet" et "Base de données" … ? Ben, on m'a pas trop bien expliqué, au siège, en fait, je viens d'arriver et…

Je devins blême. Comme dans les dessins animés, la mâchoire d'Anatole se détacha et il fit un bruit de gorge étrange, un espèce de râle ou d'appel au secours. Ce garçon avait des capacités sonores étonnantes. Il se mit à trépigner en frappant son bureau.

- C'est pas vrai !! Ils ont osé nous refiler ça !! Si ils veulent nous enterrer tout de suite, qu'ils le disent ! Et pourquoi ils n'iraient pas appeler Walt Disney pour demander si Dingo ne fait pas un peu de prestation informatique, après son taf de la journée ?! Ou Donald ? Il est gentil, Donald, avec ses pieds palmés et son bonnet de marin ! Coin coin il fait, Donald, coin coin !

Il se reprit.

- Demain, ils ont ma démission, ces branquignols.

Notre nouveau collaborateur, catalyseur involontaire de cette situation, ne savait plus trop où se mettre. Bienvenue dans notre projet, camarade.

La journée dura trop longtemps. Il fallait endiguer la mauvaise humeur d'Anatole, ce qui n'était pas une mince affaire. Moi, je me sentais… déresponsabilisé. Peu m'importait, à présent, qu'ils nous mettent n'importe qui dans les pattes. Le projet aurait encore plusieurs mois de retard, et alors ? J'avais mieux à faire.

CHAPITRE 8

Sébastien avait prévu, le soir même, une réunion de tous les associés de la future Start up. Nous allions enfin nous rencontrer. J'espérais m'entendre avec les deux autres.

Nous nous retrouvâmes dans le café de la fois précédente, en passe de devenir notre QG Stratégique. Les trois autres m'attendaient déjà.

- Bonjour messieurs.

Sébastien fit les présentations. Il commença par son voisin de droite.

- Voici Bertrand.

Dans la trentaine, grand et sec, de fines lunettes, l'air intelligent. Les gens intelligents me posaient un problème : ils ont ceci de fatigant qu'on ne peut pas leur lâcher une connerie non préméditée. Bertrand donnait l'impression d'être constamment en éveil : toujours en train de réfléchir, d'analyser ce qu'il entendait, et de peser soigneusement ses paroles. Bertrand avait suivi un parcours semblable au mien : déçu par les sociétés d'informatique qui l'avait employé, il pensait trouver sa voie en devenant entrepreneur.

- Et voici Lionel.

Lionel avait l'air sensiblement plus âgé que nous trois, il avait dû dépasser de peu les 35 ans. A première vue, il était débonnaire : légèrement replet et plutôt bon vivant, l'air d'avoir un peu abusé de la bonne chère. Ses yeux n'allaient pas avec le reste. A demi plissés, enfoncés dans leurs orbites, ils lui donnaient la même tête que Mc Gohan dans le Prisonnier, l'air de comploter quelque sourde machination. Je décidai in petto de le surnommer N°4. Bonjour chez vous, N°4.

Sébastien résuma la situation.

- Messieurs, si nous sommes ici réunis tous les quatre, c'est je crois parce que vous avez tous envie de vous lancer avec moi dans l'aventure du Web. Je ne vous ai encore quasiment rien dit concernant ce site. Je vais enfin pouvoir vous révéler sa finalité.

- Nous mourons d'impatience, dit Bertrand, visiblement très excité.

Sébastien savait y faire pour entretenir la tension.

- Et bien, messieurs, mon projet de site web est un site grand public ; c'est un site portail. Jusque là, rien de nouveau.

Il prit une profonde inspiration.

- Ce site permettra à l'internaute d'utiliser un moteur de recherche, que nous allons concevoir, et toute une myriade de services que nous implémenterons au fur et à mesure. Nous allons refaire ce qui existe déjà, pour précéder vos objections, mais en beaucoup, beaucoup mieux. Voilà pour les grandes lignes.

Un moteur de recherche ?! Rien que ça ! J'étais abasourdi. Un moteur de recherche est une application informatique d'une complexité effarante. Ce qu'il venait de dire à l'instant pouvait se résumer pour un public profane à construire la pyramide de Khéops avec une cuillère à café et un tube de colle. Bertrand avait l'air visiblement sidéré, lui aussi. Ses lunettes lançaient des SOS. Lionel, quant à lui, semblait tout à la fois impassible et sceptique. Je ne sais pas quelle marque d'huile de vidange coulait dans ses veines, mais il pouvait nous en remontrer question flegme.

Bertrand objecta.

- Mais attends, voyons, Sébastien, tu dérailles. Un moteur de recherche, c'est un truc horriblement compliqué à faire. Et puis les services dont tu parles, en quoi consistent-ils ? Qu'est ce que tu nous réserves ?

Il sourit. Nous étions ferrés.

- Je sais, il s'agit d'une application très complexe à réaliser. J'en ai conscience, mais j'ai un joker, un petit tour de passe-passe à vous expliquer. Soyez rassurés, j'ai quelques contacts qui travaillent dans ce domaine précis. Ce sont mes obligés, ils nous fourniront ce que nous désirons, à savoir un moteur fonctionnel et très puissant, sur lequel nous n'aurons plus qu'à greffer quelques petites fonctionnalités.

Bertrand ne semblait que moyennement satisfait. Sébastien reprit.

- Bon, je vais recentrer un peu le débat. Ce genre de choses existe déjà chez la concurrence, et ce qu'ils proposent marche même plutôt bien. Il nous faut innover. Et c'est là que vous allez vous rendre compte du côté génial du projet.

Ca allait, les chevilles ?

- En général, un moteur classique vous demande un mot ou une phrase à trouver ; il la cherche, vous affiche les résultats, rajoute une petite publicité plus ou moins reliée à votre requête, et basta. Mais pas chez nous. Nous, nous allons pousser les internautes à s'enregistrer sur le site, puis nous allons stocker toutes les recherches qu'ils effectuent. Ainsi, nous allons pouvoir leur montrer périodiquement des pages correspondant à des recherches qu'ils ont pu effectuer antérieurement. Le Web vit, évolue, ce que vous cherchez aujourd'hui et qui n'existe pas aura demain sa page dédiée. Le fan club de Demis Roussos n'existait pas hier quand vous le cherchiez ? Coup de chance, il a été créé aujourd'hui ; notre site va alors gentiment vous prévenir. C'est un service que personne d'autre ne propose à l'heure actuelle. En gros, nous allons suivre les évolutions d'Internet, et informer nos clients ; et bien entendu, il s'agira d'un service gratuit.

J'osai une question.

- Gratuit ? Bien, et comment on se rémunère, alors ?

Sébastien me regarda d'un air amusé ; N°4, tout à coup très sombre, d'un regard à la Clint Eastwood.

- Nous aurons les données de recherches des internautes. Nous allons donc pouvoir ainsi constituer des profils plus ou moins corrects de consommateurs. Car voilà le maître mot : consommateur. Si nous sommes capables de savoir qui sont nos clients, enfin, nos utilisateurs, alors nous allons être la coqueluche des offices de marketings directs et des publicitaires. Imaginez, faire de la pub parfaitement ciblée sur un site ? Proposer directement une publicité qui est susceptible de plaire, et la proposer à son vrai public ? Ils vont être fous. Et nous, nous leur vendrons notre belle matière première, toutes nos belles données, au prix du caviar…

Bertrand était un indécrottable pragmatique.

- Mais attends, Sébastien, te rends-tu bien compte de ce que tu avances ? Même si nous pouvons dénicher, par des moyens visiblement plus ou moins légaux, je te fais confiance, les logiciels nécessaires, il va nous falloir une puissance de calcul considérable ! Et donc un matériel monstrueux ! Ce qui se traduit par : il va nous falloir beaucoup d'argent, très très vite.

Sébastien se raidit.

- Bien sûr, c'est un aspect capital de tout le projet. Nous ne pouvons pas nous contenter de faire un petit site ou de petites recherches. Si nos clients n'ont pas l'info chez nous, nous mettrons très vite la clé sous la porte. Nous n'avons pas d'autre choix que de devenir gros dès le début…

Il se fit souriant.

- … mais fort heureusement, les perspectives de financement sur Internet sont en ce moment au beau fixe. Nous sommes début 2000, et vous avez vu le nombre de pseudo sociétés qui se montent, sans projet, sans idée, et qui touchent le jackpot ?! Je trouve ça indécent ! Alors que nous, nous avons un concept en béton armé et des perspectives d'avenir grandioses.

Bertrand enfonça le clou.

- Oui, mais tout ce que tu nous as dit représente un travail considérable, et s'il nous faut être prêt rapidement, je ne sais pas par quel miracle nous y arriverons…

Sébastien coupa court.

- Nous y arriverons, un point c'est tout ! Si j'ai fait appel à vous, c'est que je pense qu'à nous quatre, nous pourrons surmonter l'épreuve haut la main. Alors, est ce que vous en êtes, oui ou non ?

C'était le moment de vérité.

N°4, qui n'avait pas encore ouvert la bouche, prit la parole.

- Ce projet est très ambitieux. Mais moi, j'aime donner sa chance à l'ambition. J'en suis. Si on réussit, c'est direction les mers du Sud, illico. Ca me plaît.

Ca avait le mérite de la clarté.

Bertrand et moi restions indécis, pas forcément pour les mêmes raisons. Sébastien cherchait des arguments.

- Imaginez, si ça marche… Imaginez nos moyens… Imaginez : nous aurons l'entière responsabilité du projet, de A à Z, sans personne pour nous dicter ou nous reprocher quoi que ce soit… Et imaginez ce que nous allons gagner…

Ca faisait cogiter. J'acquiesçai.

- Bon, je crois que tes arguments sont imparables. Soit. Laissons une chance au rêve, et youpi. J'en suis.

Il ne restait plus que Bertrand.

- Bon, après mûre réflexion, je ne vais pas vous laisser tomber… Comment ferez vous si je ne suis pas là ? Je marche. D'autant que prendre en main un projet depuis sa conception, ça me tente beaucoup. J'aime le travail bien fait.

Sébastien avait réussi à nous le vendre, son projet. Sa réputation n'était pas usurpée.

Bertrand reprit.

- C'est bien beau, nous sommes d'accord, mais il y a quelques petits problèmes techniques et logistiques à résoudre : pour commencer, où allons nous domicilier la société ?

Sébastien prit la balle au bond.

- J'ai vu des locaux pas très chers, une cinquantaine de mètres carrés, on aura de quoi voir venir, je les visite demain.

- Les investisseurs ?

- J'en ai deux plutôt intéressés par le projet. Ils n'en connaissent que quelques bribes. J'en vois un la semaine prochaine, l'autre à la fin du mois.

- La constitution de la société ?

- Un ami à moi est avocat d'affaires… Un petit coup de fil, et hop, on a nos statuts.

- Et le nom de la boîte ?

Il marqua un temps d'hésitation.

- Je n'ai pas encore d'idée précise… Il va falloir trouver ça assez vite. Si vous avez des idées, si vos amis ou les amis des amis de vos amis en ont, il serait sympathique qu'ils les manifestent.

N°4 prenait quelques notes, griffonnait sur son carnet. Je les regardais tous les trois, et toussai pour requérir leur attention.

- Heu, et bien, en fait, j'ai un peu réfléchi, j'ai trouvé un nom. Bon, d'accord, il est un peu bidon, mais assez facile à retenir, et très tendance, vous verrez, il y a deux lettres O dedans, comme dans tous les sites à la mode. Voilà, mon nom, c'est : www.gargooye.com.

N°4 pouffa. Les deux autres se regardèrent, perplexes. Sébastien, très diplomate :

- Oui, pas mal, pas mal, écoute, c'est une proposition de départ, pas encore dégrossie, bien sûr, je pense que le mieux c'est que chacun de nous cherche quelques noms, et puis on choisira le meilleur…

J'essayais de défendre ma trouvaille.

- Non mais c'est parce que la gargouille, tu vois, le côté visuel, tout le monde sait ce que c'est….

Je m'enfonçais. N°4 m'acheva.

- Pas mal, ton idée, choisir comme nom un truc hideux qui fait couler une eau qui n'est pas forcément très propre… Le symbole est très vendeur.

Sébastien calma le jeu.

- Ecoutez, on termine pour aujourd'hui, mais la prochaine fois, chacun apporte trois noms et on décide, d'accord ?

Il était très bien mon nom, d'abord.

CHAPITRE 9

L'issue de cette entrevue « scella notre union ». Nous nous étions tous les quatre officiellement liés par un projet commun, et j'avais hâte de prendre mes nouvelles attributions.

Dans mon "ancien travail", je partais en roue libre, lentement mais sûrement. Je me sentais de moins en moins concerné, au grand dam d'Anatole qui, lui, endurait graduellement la pression du projet. Je devenais tranquillement spectateur.

Notre nouveau prestataire faisait de son mieux, mais faire de son mieux n'était pas suffisant. A son crédit, il était pétri de bonne volonté ; il abattait ses treize heures de travail quotidiennes, et se formait pour combler ses lacunes. Mais il aurait fallu bien plus.

Quant à Anatole... Cette situation lui tapait sur le système. Tant et si bien que, dans un accès de colère et de ressentiment, il avait rédigé sa lettre de démission. Ce qui l'avait d'ailleurs fait jubiler : il se faisait une joie de transmettre le fond de sa pensée à son supérieur. A ce que j'en avais lu, ça promettait.

Il réclama donc une entrevue à notre patron, et l'obtint dans la minute. Pauvre patron : il vivait une véritable série noire. Anatole, qui avait le goût de taquiner, avait préparé son show. Il se délectait par avance de ce qu'il allait dire.

Leur réunion eut lieu. La porte du bureau était close, pourtant, dans l'open-space, tout le monde était aux aguets. Pressentant le profit qu'on pourrait tirer de cette situation de relâchement généralisé, j'en profitai pour organiser un petit pari amical.

- Je prends les paris. Le patron est donné à 10 contre 1, je connais Anatole, c'est un coriace. Ca va saigner.

Anatole n'était pas très grand, mais il avait du punch. Et sur terrain lourd, je le voyais imbattable. Confiant dans mon poulain, je comptais sur certains irréductibles pour miser sur leur chef et m'assurer ainsi un gentil petit pécule de départ.

Les premiers éclats de voix confortaient une nette domination du salariat sur le patronat. Je n'aurais jamais soupçonné chez Anatole un timbre si puissant.

Enervé par le bruit, Stéphane sortit de son bureau, comme d'habitude, les sourcils froncés, et l'air affable du type qui s'est pris les reliquats de digestion d'un pigeon sur la veste. Il fallait savoir trouver l'homme derrière le regard.

Les échos de la discussion s'intensifiaient. On pouvait désormais saisir toutes les répliques. Ils arrivaient même à couvrir la musique de Stéphane.

Je le renseignai sur le combat en cours.

- Quoi ? Et alors, s'il part, qui va, chaque jour, me raconter des blagues stupides ? Hein, qui ? Qui va me raconter ses projets informatiques ridicules, et qui n'aboutissent jamais ? De qui je vais me moquer, maintenant, hein ?

Anatole parti, Stéphane perdait son clown préféré. La vie de bureau ne serait plus aussi drôle. Il retourna dans son bureau, en maugréant, ce qui quand on le connaissait bien ne présageait rien de bon.

L'entretien dura finalement moins d'une demi-heure.

Après un moment de silence vraiment intense – je les imaginais en venir à l'arme blanche, et Anatole était si maladroit qu'armé d'un coupe-papier, il pouvait devenir particulièrement dangereux – il sortit enfin du bureau, le sourire du vainqueur modeste aux lèvres. J'allais pouvoir toucher mes gains. Il était positivement radieux.

- Ca fait du bien, de dire un peu ses quatre vérités au patronat. Je lui ai tout déballé, sa gestion catastrophique, son mépris pour ses clients et ses collaborateurs… C'était bien plus marrant et défoulant qu'un punching-ball. J'ai failli chanter l'Internationale, mais hélas, j'ai oublié les paroles…

- Bien joué, jeune Anatole. Et maintenant, qu'est ce que tu vas faire ?

- Maintenant ? hmmm… Je vais prendre un peu de vacances après mon préavis, c'est sûr. Ensuite, je ne sais pas si je resterai dans le secteur de l'informatique. Il y a un peu trop de guignols au mètre carré à mon goût.

Je le prévins pour Stéphane.

- Oui, on en a déjà parlé. Il m'a dit que si je partais, il risquait de partir lui aussi, dans la foulée. Je lui manquerais trop, d'après lui. Flatteur. C'est le terrible effet domino. Il va y a avoir du sport dans les jours à venir…

Aux chaloupes de sauvetage ! Les femmes et les enfants d'abord !

Quant à moi, je comptais bien mettre à profit les trois semaines de préavis qui me restaient. Mon souci était de combiner mes deux occupations du moment, soit deux fois huit heures par jour. Les journées, de fait, étaient bien remplies. Je me levais le matin au son des émissions de la radio publique. Et tous les matins, Jean Marc Sylvestre, chroniqueur économique renommé, narrait l'histoire d'un énième miracle économique dans l'Internet, Internet qui semblait changer, tel Midas, les idées bancales en espèces sonnantes et trébuchantes.

La première partie d'une journée-type s'écoulait en tant que salarié. Notre projet avançait vaille que vaille. Nous n'étions mus que par notre conscience professionnelle. Le plus motivé de l'équipe était notre prestataire extérieur. Du coup, nous le chargions au maximum ; comme il risquait fort de reprendre tout seul notre succession, autant qu'il en sache le plus possible dès maintenant. Le client et ses jérémiades n'étaient plus un souci.

Notre niveau de stress était quasi-nul. Nous l'écoutions, avec Anatole, d'une oreille distraite. Nous en venions presque à lui donner raison. Au fond, on l'aimait bien.

J'avais adopté chez mon employeur des horaires de travail stricts : 8 heures par jour, pas une minute de plus. Et à la fin de cette première journée, j'en entamais une deuxième, dans la start-up.

L'étape numéro un consistait à réaliser une analyse approfondie du projet. Un gros morceau.

Après une assez longue étude, il nous apparut que le concept tenait vraiment la route. L'idée d'un moteur de recherche était loin d'être révolutionnaire. Mais nos concurrents avaient une tare congénitale qui les rendait impropres à la consommation de masse : ils ne s'intéressaient pas au suivi de leurs clients. Nous, nous voulions suivre l'internaute, et coller à ses goûts en lui proposant ce qu'il attendait vraiment.

Un moteur de recherche en principe est un logiciel-robot qui visite périodiquement les sites Web de la planète, et ramène de l'information. De ces données brutes est extraite la substantifique moelle, qui est stockée dans une base de données. Problème : le web est un tissu vivant : ce qui était là hier est peut être mort aujourd'hui. Ce qui n'existait pas vient de pousser. Une vraie forêt vierge, à déliquescence rapide.

L'usage de ces outils s'était répandu. Ils balisaient l'étendue sauvage : chercher son chemin sur la "Toile" n'avait jamais été aussi facile. Certaines études de brillants cabinets confirmaient que les internautes passaient en majorité par un moteur de recherche avant d'atteindre un site.

Pourtant, ces fameux moteurs ne donnaient pas des résultats satisfaisants : incomplets, ils ne ramenaient qu'un cliché du Web à un moment donné. Hier infructueuse, une recherche pouvait très bien ramener des réponses aujourd'hui.

C'était ce point précis que Sébastien voulait exploiter : le suivi des recherches de l'internaute. En en profitant pour emmagasiner tout ce que nous pouvions découvrir des utilisateurs.

On voyait vite tout le bénéfice qu'on pouvait en retirer : si l'on sait précisément ce que veut l'internaute, où il se déplace et ce qu'il cherche, on peut commencer à le cerner. "Dis-moi quel est ton critère de recherche, et je te dirai qui tu es". Au fur et à mesure, une "cartographie" de ses goûts se dessine, cartographie dont la précision et la finesse ne peut aller qu'en s'améliorant.

Notre ambition était d'aller encore un cran au-delà.

En imaginant que nous puissions "noter" les sites webs, tous les sites webs, suivant différents critères, il nous semblait techniquement réalisable de dresser un "portrait robot psychologique" de l'internaute, suivant lesdits critères. Et ainsi, connaissant mieux notre internaute, nous pouvions lui fournir prioritairement les sites "compatibles" avec son profil, c'est à dire avec ses goûts, à sa prochaine recherche. Et ainsi largement améliorer la pertinence de l'information fournie.

Comment "noter" les sites ? Quels critères choisir ? Qui allait donner des "notes" ? Il restait beaucoup d'inconnues dans l'équation. Et il fallait être réaliste : nos moyens étaient limités d'une part, et d'autre part nous devions convaincre les investisseurs de la viabilité économique du projet.

La principale source de revenu passerait par la publicité. Bien entendu, une publicité ciblée, conforme à l'attente de l'utilisateur, et qui avait d'autant plus de chances d'atteindre sa clientèle.

Pour l'instant, en terme de ressources financières, nous n'avions que l'argent que chacun de nous apportait, soit 125 000 francs. A priori largement de quoi louer des locaux pendant quelques mois, installer le téléphone, et acheter deux ou trois ordinateurs. Après, on aviserait.

Sébastien avait trouvé de quoi loger la société, un bureau de 45 m² dans une "pépinière d'entreprises", à un tarif, sinon d'ami, du moins fort correct. Pendant 6 mois, nous bénéficions d'une réduction de 50% du loyer au titre de Jeune Entreprise. Si dans 6 mois nous étions encore en vie, nous pourrions sans nul doute payer plein tarif.

Nous évitions les questions stupides, du genre : « Et que ferons nous lorsque nos ressources seront épuisées ? ». Vraiment pas constructif, comme façon de penser.

L'installation dans les locaux effectuée, nous commençâmes la rédaction du cahier des charges du projet, clé de voûte de nos futurs développements. Les idées, nous les avions, elles fourmillaient, encore fallait-il les concrétiser. Nous devions surtout nous attacher à chercher les points faibles du projet. Si nous ne le faisions pas, les investisseurs s'en chargeraient à notre place. Comme nous étions tous quatre plutôt fiers, c'était le genre d'humiliation dont nous ne voulions pas.

Les rôles dans l'équipe, tout d'abord, furent définis.

Sébastien était notre commercial en chef. Il avait une prédisposition pour ce poste. Son travail allait consister à trouver des partenaires, des clients et des investisseurs. D'une part des partenaires, qui seraient prêts à faire de la publicité pour notre site, en échange du même type de service. Nous aurions besoin de nous faire connaître rapidement auprès d'un maximum de gens, pour drainer le plus possible de badauds et de curieux ; charge à nous de les transformer en utilisateurs réguliers. D'autre part il nous faudrait des clients, qui nous achèteraient nos espaces publicitaires ou d'autres services annexes ; nous pensions par exemple louer à des sites notre technologie. Les sources potentielles de rentrées d'argent ne manquaient pas ; nous ne devions garder que les plus rentables. Enfin, et surtout, nous avions besoin d'investisseurs. Conséquents, de préférence : notre activité exigeait des moyens importants pour sa mise en œuvre. Nous comptions vendre des parts de la société ; la présence de nombreux clients et partenaires potentiels nous aiderait à faire rapidement monter les enchères.

Sébastien avait un rôle capital, et sa profonde implication dans le projet nous garantissait qu'il ferait son maximum.

Bertrand était affecté à la partie technique. Ingénieur de formation, le rôle lui allait à ravir. Il avait la tâche délicate de travailler sur les programmes que nous fournirait Sébastien, de façon à les adapter à nos exigences. Il avait aussi à sa charge la gestion de la base de données, qui allait vite devenir le centre névralgique de notre entreprise.

Apparemment, l'ampleur de la tâche ne l'impressionnait pas outre mesure, alors que la simple évocation du chantier avait suffi à me gâcher la matinée. Je le soupçonnais d'être exagérément optimiste, ou fou à lier.

Lionel allait être préposé, dans un premier temps, au rôle ingrat de démarcheur officiel auprès des institutions de notre belle république. Nous n'avions pas perdu de vue que l'Etat, dans sa généreuse mansuétude et sa bienveillante magnanimité, distribuait ses subsides aux jeunes entreprises sans le sou. Et nous nous considérions sans le sou. Parfois, certains plans spécifiques visaient les sociétés des "Nouvelles Technologies", ces petits jeunes qui faisaient de l'Internet, de façon à rattraper le retard endémique du pays dans ce domaine.

Nous ne voulions pas manquer une once de cette manne providentielle, d'ailleurs accessoirement financée par nos impôts, et nous revenant donc finalement, en conclusion, de plein droit. Mais pour pouvoir prétendre à l'obole gouvernementale, il fallait avoir le temps de recenser les aides, de constituer des dossiers, de rencontrer les gens : un travail de fourmi, assurément.

Lionel, pardon, N°4, accepta de s'en charger.

J'avais décidément beaucoup de mal à cataloguer cet individu. Pour s'occuper de cette partie du projet, il fallait des gênes de bonze tibétain ayant fait vœu de patience et de renoncement. De beaucoup de renoncement. Alors qu'en première lecture, j'avais ressenti chez lui une certaine agressivité. Je devais me tromper sur sa personne, et cela m'agaçait. Non pas que je ne m'étais jamais trompé sur les gens, loin de là. Mais il était si simple de les mettre dans des cases !

Pour ma part, j'avais hérité d'une partie des développements techniques, conjointement avec Bertrand, et de la partie visuelle et ergonomique du site Web.

Soit la partie émergée de l'iceberg.

Mon passé chez mon ancien employeur m'avait ouvert à ces techniques barbares de gribouillage infographique, et, ne me considérant pas plus bête qu'un autre, j'étais prêt à suivre la voie.

En vérité, je n'avais aucun talent artistique, et un goût que certains de mes amis s'amusaient à qualifier de chiotte. Néanmoins, par élimination, j'étais le seul de nous quatre à ne pas me dire totalement incapable d'utiliser un logiciel de dessin. Je devins donc l'"artiste" de notre bande, une promotion qui m'ouvrait de nouveaux horizons. J'avais une revanche à prendre sur mon ami Stéphane le gribouilleur. Je pourrais dès lors m'enorgueillir moi aussi auprès de mes amis de distinguer le Beau du Laid, le bon grain de l'ivraie. Je pourrais leur parler de peintres flamands illustres ou inconnus (la Flamandie, quel beau pays). Je pourrais encore disserter sur des graphistes inspirés dont je ne prononçais le nom qu'avec difficulté. A moi la gloire, à moi les feux de la rampe !

Je dus déchanter très vite. Je n'avais pas soupçonné que c'eut pu être si compliqué. Je me rendis compte qu'il allait me falloir l'aide d'un spécialiste. Enfin, plutôt, mes associés m'en suggérèrent l'idée, à mon ego défendant. Stéphane serait ravi de m'aider, entre collègues…

Nous avions toujours un épineux problème : celui du nom de la société, et par là même, de notre site Web. Dans la confusion de tous les préparatifs, la priorité n'avait pas été de se creuser les méninges pour trouver un patronyme.

Les propositions que nous avions étaient, à ma grande fierté, bien plus ridicules que le nom que j'avais maladroitement avancé à notre première rencontre. Ainsi fut-il : nous décidâmes de conserver, de façon provisoire c'était entendu, www.gargooye.com. N°4, cette fois, n'était plus aussi impertinent. Après tout, il n'avait qu'à trouver mieux.

Nos rôles étaient distribués, la scène était posée, le scénario quasiment écrit : il n'y avait plus qu'à donner le premier coup de manivelle.

Bertrand et Sébastien étaient survoltés dans leurs nouvelles attributions. Lionel prit sa tâche à cœur : il avait la ténacité du vendeur d'encyclopédie à qui on claque la porte au nez et qui revient à la charge, inlassablement. En ce qui me concernait, je me mis au travail avec application, conscient que cette fois, ce que je réalisais était et resterait ma propriété, et n'engagerait donc que moi.

En bref, nous bûchions comme des damnés, pressés que nous étions de pouvoir surfer sur cette satanée vague de succès que nous promettait Internet. Sylvestre à la radio était sur un nuage, et nous communiquait son enthousiasme. Car les investisseurs étaient là et bien là ; ils en voulaient, du Web, ils en finançaient à tour de bras. Et nous nous prenions à rêver de Porsche de fonction ou de bureau de 200 m² avec piscine-tennis-sauna-golf-waterbed.

Rêver nous aidait à tenir, car il faut bien dire que notre vie sociale se réduisait comme une peau de chagrin. Une première journée de 8 heures chez mon ex-patron plus une deuxième d'à peu près autant ne me laissait que très peu de temps pour rencontrer des gens. Et mes associés étaient dans le même bain.

En clair, nous avions un peu coupé les ponts avec nos amis et nos vies normales ; mais nous avions bien conscience que ce que nous faisions n'était qu'une étape, transitoire, un moment de délire laborieux qui nous récompenserait à la mesure de nos efforts. N'empêche, nous savions ne pas pouvoir tenir ce rythme de fous-furieux trop longtemps, tant physiquement que psychologiquement. Le mirage de l'entreprise fait passer d'amères pilules…

En somme, nous étions les maîtres, ainsi que les esclaves.

Je fus donc soulagé de finir mon préavis.

Nous prîmes nos petites habitudes : sandwich au thon le midi, pizza le soir. Quant au sommeil, nous n'en profitions qu'avec parcimonie. Chaque matin, le miroir me renvoyait un amas de cernes. Avec une tête dedans.

Au fond, sans nous l'avouer, ces conditions de travail déplorables nous plaisaient. Nous étions en train de bâtir quelque chose de nos mains, quelque chose qui pourrait peut être influencer directement le quotidien de milliers de gens. C'était grisant, cela nous donnait suffisamment d'énergie pour tenir encore quelques petites heures ce soir…

CHAPITRE 10

"Aujourd'hui encore, le NASDAQ est en pleine forme. Pour le troisième mois consécutif, l'indice boursier pulvérise toutes les estimations, et on se demande bien ce qui pourra l'arrêter. Depuis le début de la semaine, il a engrangé 7 points de plus que son dernier record historique qui remontait, on s'en souvient, à la semaine dernière. Y aura-t il une fin à cette forme olympique ?".

Pour la première fois de ma vie, j'étais heureux d'entendre la bonne tenue d'un indice boursier. Je n'y aurais pas cru trois mois auparavant. Notre fameuse conversation avec Sandra me revenait en tête. Elle aurait bien rigolé, la "matérialiste", à me voir célébrer de la sorte la victoire du Grand Capital.

Non content de me réjouir, ce genre de nouvelles était précisément de nature à donner confiance aux Capitaux-Risqueurs, nos amis pleins de sous. Ils parlaient spéculation quand nous pensions développement durable ? Qu'importe, ils pouvaient nous donner les moyens de créer notre activité. Et je n'avais pas pour habitude de cracher dans la soupe.

Car les conclusions de nos études de viabilité nous sautaient à la figure : nous avions cruellement besoin de capitaux à court terme. Le nerf de la guerre, toujours lui. Vue notre ambition, il nous fallait sortir les grands moyens. En effet, le moteur de recherche dont nous rêvions nécessitait une puissance de calcul chiffrable à plusieurs dizaines, voire plusieurs centaines d'ordinateurs haut de gamme !

Nos conclusions, avec Bertrand, étaient sans appel : ce n'était pas d'un ordinateur dont nous avions besoin, mais d'une véritable bête de course, version informatique du sportif dopé aux stéroïdes.

Pour financer tous ces achats, notre petit cochon n'était pas assez gras. Vus nos moyens, nous pouvions au mieux atteindre le stade du prototype fonctionnel, en bricolant un peu. Prototype, qui, nous l'espérions, serait suffisant pour bluffer nos financiers. Ces derniers auraient un risque à prendre : parier sur notre capacité à passer du stade artisanal à l'étape "industrielle".

Au niveau architecture, nous avions adopté la technologie du "cluster", terme anglais abscons désignant une "grappe d'ordinateurs". Cela représentait pour nous un gage d'évolution : il suffisait de rajouter une unité centrale dans la grappe pour augmenter la puissance de calcul, avec en contrepartie, le risque de générer un "goulet d'étranglement" des données entre toutes les machines. Nous devions donc prêter une attention toute particulière à la conception du système, à la répartition des tâches entre les machines… Notre crédibilité future en dépendrait.

Concrètement parlant, nous étions submergés.

Sébastien faisait le forcing téléphonique pour atteindre des interlocuteurs valables ; il avait alors en moyenne 25 secondes pour balancer son baratin commercial avant qu'ils ne baillent d'ennui et ne raccrochent.

N°4 ne ménageait pas sa peine pour aller visiter tous les ministères prêts à verser des subsides. Il allait voir les organismes pour les jeunes, pour les vieux, pour les chômeurs, pour les travailleurs assidus, pour le développement des Nouvelles Technologies, pour le respect des anciennes, et bien d'autres. Il essaya les fédérations d'anciens combattants et les associations de jeunes de quartier, en vain. Il était par monts et par vaux toute la journée. Il était surbooké. Lui, au moins, avait la chance de discuter avec des interlocuteurs directement responsables, ce que Sébastien, de son côté, était bien en peine d'obtenir.

Le temps passait et nous avancions, confiants en l'avenir, gonflés d'optimisme.

"Etonnamment, le NASDAQ, même si l'indice continue à grimper de façon insolente, a vu son taux de croissance réduire légèrement. Rien de grave, juste qu'il a peut être cessé son ascension fulgurante, et sa croissance doit être maintenant qualifiée de raisonnable et de raisonnée. Avec au passage encore un nouveau record dans les annales".

Sébastien décrocha ses premiers rendez vous. A force d'opiniâtreté, il réussit à convaincre 4 investisseurs de le rencontrer pour étudier son dossier. C'était une excellente nouvelle qui rendait tangibles nos efforts. Mais cela impliquait aussi pour nous la nécessité de finir une maquette présentable ; ces messieurs préféreraient avoir quelque chose de concret à se mettre sous la dent, plutôt que les graphiques dithyrambiques d'un dossier de com' issu de l'imagination débridée d'un commercial en transe. Et notre prototype était encore plutôt… mal dégrossi. Faute de temps, il fallait, pour la maquette, que nous désactivions toutes les fonctionnalités annexes et que nous nous concentrions sur ce qui serait présenté, et seulement cela. Le reste, nous pourrions le bricoler. C'était faisable.

Du côté des subventions institutionnelles, calme plat : il existait de nombreux protocoles d'aide pour des entreprises comme la nôtre. Seulement, décrocher ces aides nécessitait une patience de sphinx : les démarches étaient longues, très longues, terriblement longues. On avait largement le temps de couler avant de toucher le moindre denier. Ce n'était pourtant pas une piste à négliger.

"Bizarrement, on note un léger ralentissement des valeurs de haute technologie. Le secteur des Télécoms ne semble pas touché, mais les valeurs Internet commencent à s'effriter, ce qui, selon certains analystes, n'est pas étonnant vu le niveau spéculatif qu'elles avaient atteint. Le NASDAQ est donc encore à peu près stable, les valeurs Internet commençant à tirer le tout vers le bas".

Morbleu. Ce matin, ce fut un vilain son de crécelle qui me tira des bras de Morphée. Etait il possible que le secteur commence à ralentir ? Etions nous arrivés en haut des montagnes russes ? What goes up, must come down. On verrait bien, après tout. Il ne fallait pas s'en faire pour si peu.

Sébastien était d'une fébrilité rare. Depuis quatre mois que nous étions à l'ouvrage, il touchait enfin au but : c'était cet après-midi qu'avait lieu son premier rendez-vous avec un investisseur. Il était gonflé à bloc. Son argumentaire commercial était tellement convaincant que j'aurais bien investi dans sa société, si bien sûr j'avais de l'argent à perdre. C'était clair, il ne reviendrait pas bredouille. Il allait faire un massacre.

Il répétait son texte, confiant dans la qualité de sa prestation.

La matinée passa. Nous étions bloqués sur un problème technique, avec Bertrand, et nous étions en train de nous arracher mutuellement les cheveux (car j'étais contre l'auto mutilation), quand le téléphone sonna. Cela n'avait rien d'étonnant, le téléphone sonnait sans arrêt. On remarquait plutôt les périodes sans téléphone, en fait. Pourtant, ce coup de fil n'annonçait rien de bon.

Sébastien décrocha, toute sa chaleur commerciale dans la voix. Mais il devint bien vite silencieux. Cela semblait tellement extraordinaire – lui, silencieux ? - que nous nous arrêtâmes aussitôt de travailler. Nous voulions savoir.

Il raccrocha.

- C'était l'investisseur. Je devais le voir à 14h30. Il m'appelait pour me dire qu'il ne pourrait pas me voir cet après midi. En fait il annulait purement et simplement notre rendez-vous. L'idée ne l'intéresse plus tant que ça, il m'a dit que certaines directives d'"en haut" viennent d'arriver dans son département, ce n'est pas nous ou notre projet qui est en cause, des conneries comme ça.

Il avait l'air défait. Moi, je restais parfaitement optimiste. Et bien, quoi ! Un investisseur de perdu, c'est dix de retrouvés, non ?

Bertrand, lugubre, dit :

- J'ai un mauvais pressentiment. Je ne pense pas que ce soit le dernier.

Moi, je n'y croyais pas du tout. Ce n'était qu'un petit "trou d'air" passager, d'autres investisseurs allaient se ruer chez nous, comme le disait si bien Sébastien. Pour quelle raison en aurait-il été autrement ?

"La situation est chaque jour plus catastrophique. Le NASDAQ s'effondre. Il vient de perdre en 3 semaines quasiment tout ce qu'il avait gagné en 9 mois. Le niveau de l'indice est on ne peut plus bas, les nouvelles entreprises commencent à souffrir pour trouver des capitaux, leur combustible, et de nombreuses introductions en bourse sont retardées, voire carrément annulées. Tout se passe comme si la bulle spéculative, comme prévu par tous les experts unanimes, éclatait enfin. Le marché n'est peut-être pas au bout de ses peines".

Cette vague de fond, nous en sentions les premiers effets. Les différents rendez-vous de Sébastien étaient repoussés, puis annulés, les uns après les autres. Les opportunités de financement tarissaient à vue d'œil. Nous finîmes par croire que la ruée vers Internet n'était peut-être qu'une vaste opération de propagande montée par les médias, pour faire du tirage.

Sébastien continuait, vaillamment, à chercher des financiers. Il s'était pris plus d'une porte dans la figure. Les bourses des capitaux-risqueurs étaient vides. On ne finançait plus les petites structures qui débutaient, on préférait mettre de l'argent dans du solide, de l'éprouvé.

Bertrand était étrangement prophétique.

- Les lois de l'Ancienne Economie règlent désormais la nouvelle : plus d'argent pour ceux qui débutent, on ne prête qu'aux riches.

C'était rageant d'avoir tant investi en temps pour se retrouver le bec dans l'eau, si près du but. Il fallait qu'on continue, on y arriverait, tôt ou tard.

N°4 suivait tout cela de très près. Son échelle de temps était bien différente de la nôtre : l'urgent et l'instantané prenaient dans certaines administrations une coloration toute particulière. Là-bas, la règle d'or : ne pas se presser. Nos dossiers étaient sur des rails, mais les financements qui nous seraient octroyés, d'une part n'arriveraient pas à temps pour nous sauver de la noyade, et d'autre part ne seraient pas suffisants pour démarrer véritablement l'activité. En revanche, dans un deuxième temps, les programmes de soutien nous permettraient, par exemple, d'embaucher plus facilement des gens qualifiés. Même si, notre véritable préoccupation du moment était de toucher nous mêmes un salaire…

"Toujours plus bas, toujours plus profond : telle semble être devenue la devise d'Internet. Le NASDAQ bat à nouveau des records de chute libre. De nombreuses valeurs ont dévissé : liées à l'Internet, mais maintenant aussi liées au secteur des télécommunications. C'est tout un pan de l'économie qui semble lentement sombrer".

L'heure était grave. Si ça continuait, il risquait d'y avoir un taux non négligeable de suicides dans le cénacle des chroniqueurs économiques de radio.

Que n'avions nous choisi de fabriquer des abat-jours, ou de faire de la plomberie, bref toutes sortes de choses palpables et vendables !? Le monde du virtuel, de l'intangible, devenait de plus en plus vaporeux, c'était le cas de le dire. Les mythes s'effondraient. De nombreuses sociétés, qui avaient drainé des ressources alors que nous débutions notre projet, se trouvaient à présent à court de liquidités, et commençaient à être pressées de toute part pour fournir des résultats. De jeunes et prometteuses Start up déposaient le bilan. Les cartes changeaient de main. Les huissiers redoublaient d'activité.

La tendance nouvelle, chez les investisseurs, était d'exiger des études prospectives sérieuses, des plans de rentabilité, des chiffres concrets et vérifiables. En un sens, la raison triomphait. Mais les Start up étaient bien en peine de répondre à cette demande : depuis le début, elles vendaient le rêve de la ruée vers l'or, l'illusion fantasmagorique de l'Eldorado au coin de la rue. Et maintenant, on leur demandait, comme à n'importe quel boutiquier, de vendre !? De faire du profit !? Les petits génies, aux manettes, étaient désemparés : c'était trop Ancienne Economie, de faire du profit.

Chez les économistes, les coutures des vestes craquaient de toute part. Les spécialistes qui encensaient hier le secteur, l'enfonçaient aujourd'hui à qui mieux-mieux. D'ailleurs, à les écouter, ils l'avaient tous prédit depuis longtemps.

Tout cela précipitait la chute : les financiers qui ne juraient que par la rentabilité immédiate de leurs actions voyaient la pente de la courbe du NASDAQ, genre wagonnet de fête foraine en pleine chute ; ils en concluaient qu'il était vain d'investir dans le secteur. Les mêmes raisonnements extrêmes et à court terme que lors de la croissance spectaculaire du secteur, se répétaient une fois de plus. Les leçons étaient décidément bien difficiles à apprendre.

Quant à nous, pauvres "gargooyeux", nous broyions du noir. Le légendaire optimisme de Sébastien avait fait place à un bougonnement maussade et continuel. Il continuait, brave petit soldat, à foncer dans ses murs. En vain. Personne n'en voulait plus, de cet Internet. Ou alors si, mais à la condition expresse que derrière on retrouvait un grand nom, bien implanté, ou un ténor du secteur, plein d'argent. Et on se rendait compte que cette bonne Vieille Economie renvoyait la nouvelle à ses chères études. Aux Etats-Unis, les sites de grande distribution de marchandises se faisaient dévorer ou écraser par les acteurs historiques du secteur, passés depuis peu à Internet. Les grands groupes commençaient à mettre la main sur le marché. Normal, ils avaient des moyens. Les petits goujons comme nous n'avaient plus grand-chose à manger. Les gros, féroces, ratissaient tout le plancton.

Nous continuions à travailler, néanmoins. Il fallait au moins que nous finissions cette maquette, des fois que… Le développement était bien avancé, aucun problème majeur n'était à déplorer. Techniquement, ça roulait.

De cela, au moins, nous pourrions être fiers. D'avoir un moteur de recherche opérationnel, que nous serions quatre au monde à utiliser. Très réjouissant.

C'est pourquoi, dans ce contexte de déprime, cette journée en particulier fut à marquer d'une pierre blanche.

La matinée avait commencée, morose, comme d'habitude. Pas de rebondissement, pas de nouvelle encourageante.

Jusqu'à ce coup de fil.

LE coup de fil.

Sébastien arriva à décrocher un rendez-vous, un vrai ! Avec de vrais investisseurs, intéressés par notre idée ! Ils voulaient nous rencontrer tous les quatre et voir notre maquette ! La lumière au bout du tunnel !

En attendant, nous avions trois jours pour finir un prototype fonctionnel. 72 heures de franche rigolade.

CHAPITRE 11

C'était une chance et un fardeau.

Chacun de nous était tendu à l'idée du rendez vous, LE rendez-vous. La semaine avait défilé à une vitesse terrifiante. Comme dans un film de science-fiction, nous avions atteint Warp 9 sous l'égide bienveillante de Mr Sulu.

Sébastien avait occupé sa semaine à répéter son speech, car nous avions convenu qu'il ferait la présentation. Nous lui avions longuement fait réciter sa leçon. Si les débuts avaient été assez médiocres, il avait vite trouvé le ton juste du "businessman à qui on ne la fait pas". Il avait cherché toutes les objections possibles et imaginables, celles que les investisseurs ne manqueraient pas de lui opposer, tous les points faibles ou insuffisamment développés du dossier, bref tous les microscopiques grains de sable qui pourraient mettre à bas notre bel édifice.

N°4 l'aidait dans la tâche. Son état de nervosité ne s'améliorait pas. Nous le regardions parfois, et cela nous faisait le plus grand bien. La proximité d'une pile électrique permet de relativiser sa propre angoisse. Il avait d'ailleurs annulé tous ses rendez-vous de la semaine, car notre image aurait certainement souffert de l'avoir comme porte-parole dans cet état-là. Je ne pouvais m'empêcher de penser qu'il en faisait trop. On aurait dit qu'il y jouait sa vie. Il ne s'agissait que d'une entreprise ; au pire, nous irions grossir les bancs de l'ANPE.

Bertrand semblait plus serein que nous, à un niveau de détachement qui forçait le respect. En fait, nous découvrîmes qu'il arrivait juste à mieux dissimuler son stress que nous, à mieux nous jouer la comédie.

Nous réussîmes à boucler un prototype relativement fonctionnel, la part de relatif étant illustrée par toute une série de boutons complètement inutilisables sur nos pages Web. Si un de nos investisseurs potentiels nous en faisait la remarque, nous avions prévu une diversion salvatrice : l'un de nous arracherait le câble réseau, ou donnerait un grand coup de pied dans le serveur, nous n'étions pas encore décidés sur la stratégie à adopter. Faire comme si tout fonctionnait parfaitement, c'était notre devise. Et s'ils mettaient le doigt sur une défaillance, nous étions prêts à jouer l'hypocrisie à outrance : nous leur assurerions que tout allait bien cinq minutes auparavant, mais que, "Comme chacun le sait, l'informatique est loin d'être une science exacte"… Nous étions décidés à mentir s'il le fallait. Ces investisseurs-là étaient un don du ciel, et seraient sûrement les derniers que nous rencontrerions.

Leur société faisait partie d'un groupe, un grand groupe, apparemment décidé depuis peu à se diversifier dans le secteur des Nouvelles Technologies. Sérieux incontestable, renommée mondiale : dans leur branche, la simple évocation de leur nom faisait trembler la concurrence. Nous allions donc pénétrer dans le saint des saints par la petite porte. L'importance de l'honneur ne nous échappait pas.

L'entretien avait lieu dans leurs locaux, sur le terrain de l'ennemi. Mauvais, ça, désavantageux pour nous. Nous avions bien essayé d'infléchir la décision, mais il semblait que nous n'avions pas voix au chapitre. Après tout, nos 40 m² ne plaidaient pas en notre faveur.

Nous avions démarré notre serveur le matin, et nous l'avions soumis à quelques tests de routine, relativement concluants : le scénario de la démonstration était déjà écrit, et il ne fallait surtout pas s'en écarter d'un pouce sous peine de dysfonctionnement humiliant. C'était bien là la rançon d'un développement fait à la hâte.

Nous étions prêts.

Trop prêts, peut être. Ma récente redécouverte des nœuds de cravates me servit de nouveau. Nous mettions vraiment toutes les chances de notre côté.

Nous arrivâmes en avance dans leurs locaux. Rendez vous à 9h, comme le stipulait le courrier électronique reçu la semaine précédente. Nous comptions sur le petit quart d'heure de répit qui nous était offert pour répéter une toute dernière fois notre prestation, ses moments forts et les gestes qui nous sauveraient en cas de problème. Si nous avions la chance d'être au rez-de-chaussée, nous pourrions fuir par la fenêtre si un danger grave survenait.

Ils arrivèrent à 9h, l'exactitude étant, comme tout le monde le sait, la politesse des rois.

Nos interlocuteurs étaient au nombre de cinq, et on ne peut pas dire qu'ils étaient particulièrement engageants. Pour ce métier, fatalement, il était de mise d'avoir l'air un peu teigneux, pas franchement sympathique, plutôt méprisant et très imbu de sa personne. Mais à ce point là, on frisait la caricature.

Le premier d'entre eux, celui qui visiblement était le chef de la bande, était le plus aimable. La cinquantaine bien affirmée, les tempes vaguement grisonnantes, et le regard perçant de l'aigle royal, qui vient de voir passer son petit déjeuner 200 mètres en dessous. Une gestuelle de patron dont le temps est compté, de ceux qu'on ne va pas déranger pour une augmentation. Le Boss, en quelque sorte.

Il nous gratifia d'un signe de tête et d'un "bonjour messieurs", d'un timbre de voix dont le velouté avait dû mater plus d'un conflit social par le passé. Les poignées de main qui s'ensuivirent furent rapides, et pour notre part tout à fait moites. Nous le suivîmes jusqu'au premier étage, puis il pénétra dans le bureau, suivi de ses sous-fifres.

Parmi eux, le premier devait être le sous-chef, l'adjoint du Boss. Un vague air de second couteau dans un film de Coppola, l'envie manifeste de bouffer du candidat pour asseoir son autorité. Nous aurions à nous méfier du Demi-Sel.

Puis entra le troisième larron, à sa suite, sans même nous jeter un regard. L'œil en biais, l'air chafouin : il devait s'agir de l'éminence grise, celui qui télécommandait les tirs de rockets à distance, bien planqué derrière les barricades. Son type d'attaque devait être la bonne vacherie de fond de court, celle qui vous cueille à revers et vous flanque par terre en un rien. Faudrait faire gaffe aux attaques sournoises du Cerveau.

Puis passa un grand type entre deux âges, qui ne semblait pas être issu du même moule que les autres. C'était le seul à avoir l'air humain. Parmi les loups, il était Saint Vincent de Paul. De lui, au moins, on ne risquait pas une attaque en traître. Je me décidai à le baptiser Simplet, un gentil nain perdu chez les Grincheux.

Enfin, pour fermer le convoi, un jeune type entra, un débutant, sans aucun doute, venu assister à la curée. D'instinct, lui aussi nous donnerait du fil à retordre : il avait certainement envie de trop bien faire, et un petit rictus lui barrait déjà les lèvres. Coup En Douce lui allait comme un gant.

Nous les suivîmes, pas spécialement rassurés par ce rapide tour d'horizon. A leur tête, mes associés étaient arrivés aux mêmes conclusions que moi quant à l'agressivité de nos interlocuteurs. Il risquait d'y faire chaud, dans ce bureau.

Tout le monde s'installa. Sébastien resta debout, et ouvrit les hostilités. Notre plan d'action était assez simple : le commercial en chef attaquait de front, nous servions de renfort pour protéger les flancs, charge à nous d'intercepter au mieux les balles perdues. Une stratégie simple, mais qui avait déjà marché sur d'autres champs de bataille.

- Messieurs, nous vous remercions de nous accorder un peu de votre précieux temps. Vous ne le regretterez pas. Permettez moi tout d'abord de vous présenter l'équipe…

Le blabla d'introduction était lancé. Il passa chacun de nous en revue, mit en avant nos brillantes études, et de manière générale, tout ce que nous avions pu faire d'intelligent dans notre vie. La deuxième phase consistait à parler brièvement de la société, glisser en douce qu'il s'agissait d'une Société Anonyme (gage de crédibilité).

En face, nous avions un tribunal. Je ne sais pas pour quel crime nous comparaissions, mais il devait s'agir d'une affaire de la plus haute gravité. Le Boss se posait là, en président. Il avait une façon étrange de signifier qu'il était là et ailleurs, qu'il décelait la moindre incohérence dans le discours et que pourtant cette affaire n'était pas tout à fait digne de son attention. Ses acolytes, quant à eux, étaient à l'affût.

- Combien, le capital de votre S.A. ?

La question de Demi-Sel coupa net la diatribe de Sébastien.

- 125 000 francs.

- Ah oui, je vois, vous avez versé le minimum. Vous savez, il risque de vous en falloir autant dans 5 ans…

Demi-Sel avait un petit sourire que j'aurais eu grand plaisir à effacer à coup de gifles. Il avait l'air content de son effet. Et un point en plus à sa prochaine augmentation, un.

Sébastien reprit, passant outre l'incident.

Son introduction finie, il attaqua le plat de résistance : la présentation du projet. Bertrand alluma l'ordinateur ; il avait été élu Testeur en Chef pour toute la durée de la démonstration. N°4 et moi, en arrière garde, essayions de deviner les attaques futures, et comment les parer.

Tel qu'expliqué, notre site web avait de quoi séduire. Tout du moins, je le trouvais, personnellement, extrêmement séduisant, mais j'étais un spectateur partisan. Sébastien détailla longuement les aspects de rentabilité, les rentrées financières, les perspectives à long terme et plus prosaïquement les clients potentiels qui ne manqueraient pas d'affluer très vite.

En face, on ne peut pas dire que l'enthousiasme était de mise.

Pourtant, je sentais qu'ils se déridaient peu à peu. Cerveau semblait réfléchir à 20000 à l'heure, Simplet regardait l'écran de l'ordinateur, comme une mouche hypnotisée, le Boss restait de marbre et Coup en Douce en fomentait un, de coup en douce. Pas de panique, la démonstration allait les achever.

Bertrand prit les commandes de l'ordinateur.

- Comme vous pouvez le constater, notre maquette est parfaitement fonctionnelle.

Il pêchait peut être par excès d'optimisme, mais il fallait mettre le paquet. Il se connecta à notre site ; les temps de réponse étaient plutôt bons, et en quelques secondes la page de garde du moteur de recherche s'afficha, celle sur laquelle il fallait saisir son nom d'utilisateur et son mot de passe, pour que le serveur reconnaisse l'internaute et personnalise son écran. En théorie, du moins.

- Je tape mon login et mon password …

Bien, l'anglais, au moins, avec son accent, ça les ferait rigoler.

- Puis je me connecte et là, j'ai la zone de texte pour taper ma recherche et …

- Bravo !!

Demi-Sel tapait dans ses mains, l'air goguenard.

- Vous avez inventé le moteur de recherche, bravo. C'est tout nouveau, dîtes donc ! Et à quoi ça sert ? Non, vous n'allez pas me dire que ça fait la même chose que ce qui existe depuis 10 ans sur Internet ? Dîtes-moi, on s'est vraiment déplacé pour ça ?

Il était en forme, l'animal. Ce ne sont pas des gifles mais des coups de bottes que je lui aurais bien mis.

Sébastien commençait à s'échauffer.

- Oui, pardonnez-moi, c'est ma faute, c'est ma très grande faute.

- Hein ?

Pour la première fois, Demi Sel semblait désarçonné. Les autres regardaient, même Simplet trouvait le spectacle intéressant.

- En fait, je constate que je n'ai pas été assez clair lors de mes explications. C'est l'émotion, la fébrilité sans doute, ou peut être l'air vicié de nos métropoles qui me fait perdre la tête. Mais oui, bien sûr, vous avez la première impression qu'un internaute moyen, pas bien éveillé, pourrait avoir : il ne s'agit que d'un moteur de recherche de pages sur Internet. Et bien non. C'est beaucoup plus, sans commune mesure. Nous proposons ni plus ni moins que de savoir tout ce que l'internaute fait sur le web, tout ce qu'il recherche, là où il va et ce qu'il apprécie le plus !

Tiens, c'était curieux, sa façon de présenter. Au fond, en y réfléchissant, il avait raison : notre projet revenait à déterminer les faits et gestes de tout un chacun, pour lui procurer un service personnalisé, et donc de l'espionner, dans un sens. Bertrand avait l'air de réaliser lui aussi. Nous travaillions sur le sujet depuis des semaines, et cet aspect venait juste de se révéler à nous. N° 4 faisait une drôle de tête. Sébastien nous regarda tous les trois, puis sembla se reprendre.

- Et oui, nous vous proposons l'arme absolue en terme d'avancée publicitaire. Avec ce site, nous saurons quelle publicité afficher, et avec un taux de réussite record !

Un instant ébranlé, Demi Sel redevint le personnage éminemment sympathique et agréable qu'il ne cessait d'être depuis le début.

L'attaque vint de Cerveau. Coup en Douce et lui se concertaient depuis quelques minutes.

- Dîtes moi, c'est très intéressant, ce que vous nous affirmez. Vraiment, grandiose, en tout cas pour ce que vous nous montrez. Mais je ne veux pas être indiscret, ou même désobligeant…

Oh, le faux jeton, la toute belle crapule.

- … mais un moteur de recherche, c'est un projet très ambitieux, à ma connaissance, peut être un peu trop. Vos concurrents, en général, ont des équipes très complètes, très pointues, avec des expériences fournies dans des domaines connexes. Je me disais, comme ça, oui, ils sont intéressants, ces 4 jeunes gens, mais où sont les armées de programmeurs qui ont travaillé avec eux, et qui travaillent en ce moment à améliorer le site ?… Vous comprenez j'en suis sûr le sens de ma question…

Touché.

Evidemment, on passait pour des guignols ; on ne pouvait décemment pas dire que le programme de base du moteur avait été volé, pardon, emprunté par quelques personnes, assez peu scrupuleuses, qu'on ne connaissait que d'assez loin. Après tout, c'était courant dans l'industrie, mais cela avait généralement mauvaise presse. Et en même temps, nous paraissions un peu jeunes pour avoir mené un projet si abouti en partant de zéro. Il fallait mentir subtilement. Sébastien allait s'en charger.

- Vous savez, la technologie évolue, les méthodes de programmation aussi. Ce que nous pouvons faire aujourd'hui est sans commune mesure avec ce qui était réalisable quelques années auparavant. Nos concurrents ont pour eux une longue expérience ; soit. Mais nous arrivons plusieurs années après, comme vous nous le faîtes remarquer, et nous pouvons ainsi bénéficier de tous les apports des programmeurs développant en domaine public. Ainsi, de nombreux moteurs de recherche, très performants, sont disponibles gratuitement ; cela représente un nombre important de pistes, de concepts, qui nous ont fait gagner un temps très précieux. Notre prototype nécessite encore beaucoup de travail, et donc de capitaux ; mais c'est bien la raison pour laquelle nous cherchons des investisseurs…

Belle pirouette ; pour la réception : 9/10, les autres juges donneraient leur note.

Le Boss ne décrochait pas la mâchoire, il se contentait d'envoyer ses troupes au feu.

Et soudain Simplet parla.

Et ce fut la catastrophe.

- Hé, messieurs, excusez moi, mais à quoi il sert ce drôle de bouton ?

Le bouton en question trônait sur la page d'accueil, sous le panneau principal de statistiques. Il activait une des fonctions clé de tout le système, que nous vantions depuis déjà une heure et demie. Il s'agissait de la fonction de "Recherche des Sites Equivalents", qui permettait à l'internaute de visualiser une liste de sites correspondants à une recherche et répondant à ses critères et à ses goûts. C'était la pièce maîtresse des fonctionnalités de personnalisation du site. Et malheureusement, elle ne marchait pas.

Mais alors pas du tout.

Nous l'avions testée le matin même, elle renvoyait des résultats pour le moins curieux. J'avais cherché "résultats de la dernière journée de championnat de France de football", elle m'avait présenté des sites de bricolage. La tuile.

Bertrand me jeta un regard désespéré. Je me tournai vers le mur : pas de fenêtre, toute fuite était impossible. Il fallait faire front, ou nous rendre. Je coupai la parole à Simplet.

- Et, heu, au fait, dîtes moi, quel est le secteur privilégié d'investissement de votre société ? Je veux dire, vous avez l'air d'être très au fait des entreprises qui fonctionnent, en ce moment, je me demandais comme ça quel était votre point fort, votre marché-clé…

La ficelle était grosse. Bon, je passais peut être pour l'idiot du village, mais j'avais quand même réussi à éluder la question, car les sous fifres, unanimes, se tournèrent alors vers le Boss. Il allait prendre la parole. Leur visage suintait l'admiration. Tout le monde avait oublié d'un seul coup le fonctionnement de ce drôle de petit bouton. On avait évité l'orage.

Et notre entrevue dura comme cela des heures et des heures. Nous étions sur la défensive, nous réagissions au quart de tour. Tout le monde était survolté, remonté, déchaîné. C'était notre pièce, nous en écrivions le dénouement. En face, les perfidies affluaient, nous avions beau éviter les salves, ils repartaient aussi sec à l'assaut. Coup en Douce ne déméritait pas dans son entreprise de sape, et Cerveau se révélait être un fin tacticien. Nous réussissions, cependant, à contenir les attaques de Demi Sel. Quant à Simplet, sa seule remarque nous avait valu de frôler la catastrophe, nous lui coupions donc systématiquement la parole.

Au bout de ce qui nous parut durer une semaine, le Boss mit fin au débat.

- Merci messieurs, votre prestation était très intéressante. Si vous le permettez, nous allons délibérer, mettons, une demie heure, pour statuer sur votre cas.

Bien. Exit, le tribunal allait rendre son verdict.

Une fois réunis, nous pûmes faire un débriefing express. L'opinion générale faisait de nos interlocuteurs des êtres antipathiques et coriaces, dénués de tout sens de l'humour et sans arrêt prêts à mordre. N°4 nous mimait l'air d'ahuri de Simplet ou les mimiques de Coup en Douce.

Dans l'ensemble, nous ne savions pas trop quoi penser, nous n'étions pas préparés à un tel tir de barrage. L'angoisse montait et nous rappelait nos sorties d'examens ou de concours.

Au bout de cinq minutes, la porte s'ouvrit. La tête de Demi Sel apparut.

- Messieurs, s'il vous plaît.

La délibération avait été rapide, très rapide. Evidemment, avec un projet comme le nôtre…

Le Boss prit la parole.

- Messieurs, votre projet est intéressant, très intéressant même. Votre démonstration était très convaincante, et vous semblez avoir passé beaucoup de temps à soigner les moindres détails de votre dossier.

Ca commençait très bien.

- Mais, je vais vous parler franchement.

Aïe.

- En fait, avec mes collaborateurs, nous sommes arrivés à la conclusion suivante : votre projet est d'une part très ambitieux, et d'autre part sans avenir. Très ambitieux, car ce que vous comptez réaliser est colossal, et vous semblez encore assez loin de votre objectif. Votre petite diversion concernant la fonctionnalité demandée par mon subordonné, et que je soupçonne de ne pas fonctionner, n'a trompé personne, je tiens à vous le dire.

Je devins rouge cramoisi en un clin d'œil. Faisait chaud, dans ce bureau.

- Mais ce n'est pas le problème. Ce qu'il y a, c'est que nous ne finançons plus de projet Internet.

J'entendis trois mâchoires se décrocher en même temps que la mienne.

- Comprenez-nous bien : nous avons chaque jour des dizaines de dossiers de demandes d'investissements dans des projets novateurs, rentables, aboutis… Sur le papier, formidables. Mais vous connaissez, je pense, la teneur de ces dossiers. Et en fait, ils ont tendance à s'accumuler, ce qui à force nous pose problème.

Notre direction nous a donc confié la tâche de voir au moins une équipe par semaine. Au hasard, notre jeune recrue…

Petit sourire de Coup en Douce.

- .. a pioché le vôtre. Nous vous avons donc conviés, et nous sommes désormais convaincus, un peu plus qu'avant s'il le fallait, que votre secteur d'activité est sans avenir. Votre rentabilité est plus que préoccupante, le niveau technique que vous cherchez à atteindre est effrayant de complexité, et votre sérieux est, disons… discutable. Vous ne serez donc pas étonnés que nous en restions là. Merci messieurs.

Oups. J'avais l'impression d'être passé dans une broyeuse-malaxeuse. Nous étions tous les quatre abasourdis : le Boss venait de nous assassiner, avec témoins qui plus est !

Pour "fêter" ça, nous décidâmes de nous saouler le soir même. Nous finirions ivrognes, c'était écrit.

CHAPITRE 12

Nous étions défaits.

Le clairon avait sonné la retraite sur Waterloo ; la plaine était brumeuse des tirs d'obus de la veille. Nous aussi, nous étions brumeux. Les fidèles grognards avaient soigné leurs plaies à coup d'eau de vie, et l'alcool laissait des traces au matin. Nous n'avions pas le cœur à la fête, juste une tenace envie de rendre et cette journée promettait d'être un des pires jeudis noirs que nous ayons connus, mal de tête compris.

J'arrivai le premier dans nos locaux, à 10h30. J'avais passé un semblant de nuit affreux, terrassé par les excès de la veille. Le whisky à forte dose avait le don de mettre en rotation rapide les plus stables et les plus tranquilles des appartements. La lumière du soleil m'était insupportable, et le moindre son me fracassait le crâne. Ajoutez à cela la mauvaise humeur, et une envie folle de prendre sur le champ trois semaines de vacances : temps médiocre à prévoir pour toute la semaine. J'allais mettre à profit cette matinée pour… battre mon record sur un jeu vidéo idiot, c'était sans conteste ce que j'avais de mieux à faire.

Bertrand arriva une heure après, avec l'air d'avoir séjourné toute la nuit dans une machine à laver sur programme "Essorage Intense". Quelle tête ! A coup sûr pire que moi. Il me raconta en quelques mots sa nuit, ou du moins ce qui en tint lieu, et ses nombreuses allées et venues dans la salle de bains… Cela devint scabreux. Il se plongea dans la lecture de ses mails, et dans un délire post-comateux à base de déambulations Internet-esques. Rien de bien méchant.

Arriva Sébastien. Il semblait se traîner plus qu'il ne marchait. Tout le poids du monde sur les épaules, ce n'est pas facile à charrier. Il s'effondra sur son fauteuil, qui couina comme un beau diable. Même au pire de sa forme, nous ne l'avions jamais vu comme ça. L'abus de l'alcool avait sa part, mais n'expliquait pas tout. Il était l'antithèse du commercial entreprenant, sûr de lui, hâbleur et vendeur, que nous connaissions. Après un long soupir, il décrocha le téléphone, et, machinalement, composa un numéro. Il était reparti dans la course aux investisseurs ; il lui manquait la foi, l'atout capital.

Puis, vers 12h, N°4 débarqua. Une vraie loque. Débraillé, hagard, pas rasé, je le soupçonnais d'avoir fini sa nuit dans un caniveau. Il sombrait, tel l'intrépide capitaine de navire, finissant dans son tombeau d'acier par mille lieux sous les mers. Le borborygme qu'il émit en entrant pouvait, par une oreille particulièrement affûtée, être interprétée comme une marque de salut, "bonjour" ou quelque chose comme ça. Il visa sa chaise, la manqua de peu, fit demi-tour, et réussit enfin à s'asseoir.

Les éclopés étaient au grand complet.

Encore une belle journée de soleil qui s'annonçait.

Nous reprîmes avec Bertrand nos ingrates tâches quotidiennes, chasse aux bugs par ci, modification de pages Web par là. Nous travaillions à contrecœur ; il était aussi agréable de remplir des lignes de code ce jour-là que de se faire opérer par un dentiste parkinsonien. La liste des corrections à faire était pourtant bien longue : cela nous permettrait de tenir quelques jours, voire quelques semaines, sans trop nous poser de questions.

Morne début d'après midi. Bertrand, visiblement, avait envie de parler. Il tournait sur sa chaise, envoyait valdinguer sa collection de stylos-bille, tambourinait sur la table avec acharnement. Impossible de se concentrer. Mais en avais-je vraiment envie ? Il m'invita à prendre un café, je le suivis, les mains dans les poches.

- Que feras-tu lorsque la gargouille n'aura plus rien à cracher, et quand par la même occasion nous serons complètement à sec nous aussi ?

Cette question, je me l'étais posée toute la nuit, sans réponse convaincante. Force m'était d'avouer que je n'en avais aucune idée. Je voulais me reposer.

- Je ne sais pas, je crois que je vais commencer par prendre des vacances, des vraies, de celles où on ne fait rien, ou le moins possible. Le fantasme : lever 12h, on prend une pizza dans le congélateur, thermostat 8, on enfourne, on fait passer avec une bière. Le minimum, en somme. Ca me va, ce genre de vie, c'est paisible.

Il acquiesça, en faisant la moue.

- Pas mal dans l'absolu, mais pas terrible comme projet d'avenir. Moi, je pense que je vais chercher un boulot salarié. Finies les prises de tête, chaque mois ton salaire tombe, on est le 1er, bim, tu passes par la case départ. C'est facile et on gagne à tous les coups. Tu ne stresses pas parce que ta boîte bat de l'aile, et quand ta mission chez ton client est pourrie, tu vas râler auprès de ton commercial ou de ton patron pour qu'il t'en trouve une autre. Bien plus simple et bien plus reposant.

- Peut être, mais ce qu'on a fait a quand même de bons côtés : quand tu te lèves le matin, tu sais que c'est pour toi, pour faire avancer ton idée. Moi, ça me motive. Enfin, ça m'a motivé.

- Oui, c'est ça, et quand tu atteins la fin du mois, tu es aussi très content d'admirer le trou sans fond qu'est devenu ton compte en banque. Je comprends tes arguments, je suis tout à fait d'accord avec toi. Mais il semble quand même qu'on ait raté une marche.

- Ne sois pas si pessimiste. On n'a pas encore de financement ? Soit. Positivons. Imagine qu'on ait eu un investisseur, un mois avant que ça ne plonge. Tu es d'accord : l'investisseur est avant tout guidé par le gain qu'il pourra obtenir si la société est cotée en bourse. Les dividendes, c'est peanuts. Et dans nos sociétés, ils ont intérêt à être patient, car l'introduction peut prendre des années. Tant que la bourse grimpait, tout le monde se disait : investissons dans des sociétés Internet, quand elles auront fait leur introduction sur le marché, ce sera brouzoufs à gogo. Seulement, il faut quelques années à une société normalement constituée pour passer en bourse. Ce qui veut dire que les investisseurs qui aujourd'hui nous refusent une aide qui pourrait leur rapporter gros dans quelques années, la refuse sur le constat qu'à l'heure actuelle les valeurs plongent. Je pense qu'il y a un gros décalage entre l'investissement tel qu'on l'attend et la rentabilité telle qu'on la promet à nos actionnaires. Eux ne font pas l'effort de croire à ce genre de choses. En voyant la situation actuelle, ils ne peuvent qu'extrapoler. Cela, on n'a pas réussi à l'expliquer, à aucun de nos prospects, et je n'ai vu aucun de nos concurrents communiquer en ce sens. Et c'est peut être pour cela qu'on rame.

J'avais cogité toute la nuit, malgré les effets de l'alcool - fusion des gaines de myéline entourant les neurones, le syndrome hallucination / gueule de bois. Je me sentais étonnamment lucide. La biture au secours de l'intellect : il fallait que j'aille faire breveter ça vite fait. Avec ce genre de concept, j'allais devenir le héros de la classe paysanne vinicole. "L'alcool est bon pour vos artères, et favorise les idées de génie".

- Et imagine, donc, qu'on ait été financé. Rêvons trente secondes. Quelqu'un croit en nous et nous finance. Youpi, on a de l'argent, notre investisseur est aux anges, quand nous serons en bourse, son portefeuille va exploser de gros et gras billets verts.

- Cela devient vulgaire.

- Merci. Donc, nous avons l'argent, nous n'en croyons pas nos yeux. Que faisons nous ? Ce que nous avions prévu : nous le dépensons en matériel, en personnel, en locaux somptueux, en licences de logiciel. Normal, en somme : on se dit, après tout, Internet a la côte, si on a encore besoin de capitaux, on devrait pouvoir en trouver. Et soudain : badaboum, la descente aux enfers. Notre gentil investisseur devient alors très nerveux. "Mais qu'avez vous fait de mon argent ?" nous crie t'il dans les oreilles tous les jours, avec l'énervement et le stress qui montent. Si son cœur résiste, il va nous pourrir la vie pour que nous rentabilisions l'affaire fissa. Bientôt, des cadres, des managers, des hommes d'affaires avisés vont arriver, pour "surveiller notre activité", voire "corriger les erreurs de gestion" ou "l'inadéquation actuelle du management". Pour nous pousser gentiment vers la porte de sortie, en quelque sorte.

- N'importe quoi. Tu es gentil. Effectivement, c'est bien, on n'a pas d'investisseur. Moralité, on n'a pas un rond. Moralité, on ne peut pas développer l'activité. Or, le contrat de départ était de développer en premier lieu une maquette, de récupérer des fonds par un premier tour de table, puis de lancer véritablement le site, avec les machines et le personnel dont nous aurions besoin. Aurais-tu oublié que nous ne pouvons pas être petits ? On est condamné à atteindre une taille critique, ou à disparaître. Et on se dirige rapidement vers la deuxième option.

Quel rabat-joie. J'avais l'impression d'être le moins convaincu de notre défaite, mais pourtant je ne voyais aucune raison d'être confiant.

Nous décidâmes de retrouver Sébastien et N°4, voir où ils en étaient, si le moral tenait bon.

Dans le bureau, nos deux associés ne rayonnaient pas la joie de vivre. N°4 rayonnait plutôt le mal de tête féroce et l'envie impérieuse de se plonger dans une bouche d'égout. Sébastien avait l'air encore un plus déprimé qu'une heure auparavant. S'il continuait, on pourrait le vendre à une association de dons d'organes, ça ne le dérangerait pas plus que cela.

- Comment sont les nouvelles ? Tes coups de fil, il y a du nouveau, du positif ?… Des réponses ?…

On essayait, on faisait ce qu'on pouvait.

Il nous arrêta net.

- Ne vous fatiguez pas, les gars. Je viens de griller mes dernières cartouches, les derniers contacts sûrs que j'avais. Chez chacun d'eux, c'est la Bérézina. Plus d'investissement, plus d'argent, c'est le mot d'ordre. Je me suis battu, mais rien à faire. Tous les types veulent attendre et voir comment la situation va évoluer. Or, les premières estimations sont qu'elle a très peu de chances de s'améliorer avant un bon moment. L'économie américaine commence à amorcer une descente, et les Nouvelles Technologies plongent avec. On a certainement au moins six mois de vaches maigres en perspective. Et tu vois, ceux qui viennent d'investir ont tellement perdu les pédales, qu'on ne risque pas de les y reprendre, pas sans des garanties en béton armé. Ils ont maintenant la situation en main ; hier ils se battaient pour attirer des porteurs d'idées, aujourd'hui, ils en ont une telle quantité qui se presse à leur porte, qu'ils ne sont plus du tout pressés. Peut être verra t'on des investissements ponctuels, mais à des tarifs très désavantageux ; ils vont en profiter. Je n'ai eu que deux contacts un tant soit peu positifs. Le premier me mettait le couteau sous la gorge : il pouvait investir, mais en prenant le contrôle total de la société, en nous laissant des miettes. Dès que la situation économique d'Internet s'améliorerait, nous serions expulsés comme des malpropres.

En chœur.

- Après tout, si cela nous permet de développer l'activité…

- NON !

Il avait quasiment hurlé. Terrain miné.

- Jamais, vous m'entendez ! Je ne me suis pas crevé la paillasse pour en finir comme ça, pour me faire remercier et congédier aussi facilement ! Je préfère laisser crever la boîte que d'en arriver là. Hors de question. Si vous voulez choisir cette option, tant pis pour vous. J'espère que c'est clair.

Il nous faisait sa tête des mauvais jours. N°4 grommela.

- Et le deuxième contact ?…

- Le deuxième, pour lui, c'est niet. Le plus rageant, c'est que ce type était prêt à nous financer. Ca a complètement capoté quand je lui ai dit qu'on était seulement quatre dans la société, qu'on commençait à peine, et qu'on avait uniquement un prototype, le vrai programme attendant des capitaux… Il a commencé à être méfiant. Il devait nous croire, je ne sais pas pourquoi, filiale d'un grand groupe, avec déjà plein d'argent en caisse… Mais qu'est ce qu'ils imaginent ? On cherche des capitaux ! Si on avait un grand groupe derrière nous, on serait peinard ! On ne serait pas en train d'en quémander ! Bref, le genre d'investisseur qui, dans capital-risque, a biffé le mot risque.

Surtout pas d'incertitude, oh là, non, si vous êtes stable, si vous êtes une quarantaine de personnes, si vous avez douze millions de cash en caisse et si votre portefeuille de clients fait trois mètres de long, alors c'est bon, je vous finance. Dans le cas contraire, allez voir mes collègues plus téméraires… Ce n'est pas comme ça qu'on fera avancer ces satanées Nouvelles Technologies.

La tuile. Maintenant, il fallait avoir derrière soi une multinationale pour intéresser les capital-risqueurs, et avoir déjà un compte en banque bien fourni, histoire de ne pas leur faire trop peur. En somme, il fallait ne pas avoir besoin d'eux pour les intéresser. On ne prête qu'aux riches. Il était temps que le secteur s'assainisse, et qu'on arrive à un mode de fonctionnement plus stable et plus logique.

N°4, en catalepsie depuis son arrivée dans nos locaux, se leva et prit la parole.

- Messieurs, je tenais à m'excuser pour mon comportement de ces jours derniers. Je réalise maintenant que ce projet compte beaucoup, voire beaucoup trop pour moi en ce moment.

On se regarda, un peu étonné. Il devenait humain ! Incroyable. Et il en faisait un peu trop, une fois de plus, comme si il n'arrivait pas à se construire un personnage et à suivre une ligne de conduite.

Sébastien le rassura, il n'y avait pas de problème, nous n'avions jamais douté qu'il était avec nous depuis le début, et nous comprenions son attitude.

Nous retournâmes à nos bureaux respectifs, avec une envie de travailler en chute libre. Il allait falloir chercher un nouveau travail, retrouver une vie stable et normale, et…

- Mais oui !!

Je me suis mis à hurler ça d'un seul coup.

L'idée !

L'illumination !

Le coup du siècle !

- Rassemblement !

Je me mis à beugler, dans nos 40 m². Je n'y pouvais rien, il fallait que ça sorte.

- Combien nous reste t'il sur le compte courant ?

- Ben, heu, je ne sais pas…

- Trouve moi ça !

Sébastien était un peu éberlué. Après un tel calme, cela faisait un choc.

- A peu près 18000 balles… Moins le matériel qu'on a acheté la semaine dernière, qu'on paiera le mois prochain…

- Ok, 18000 francs. Ca devrait aller. Je vais vous expliquer.

J'étais excité comme une puce. Les 3 autres me regardaient, interrogateurs. Ils devaient penser, ça y est, un vaisseau sanguin a claqué, le pauvre.

Je me fis mystérieux. Je l'avais enfin, mon quart d'heure de gloire.

- Ton fameux investisseur, là, tu l'as déjà rencontré ? Il a eu le vrai nom de notre boîte ?

- Ben, non, avec le formidable nom que nous traînons, je préfère dire qu'on est encore en train de chercher. Sinon, il connaît mon nom, mais il ne m'a jamais vu.

- Parfait. Vous connaissez l'Arnaque ?

Là, je les avais soufflés. Ils en restaient sans voix. Une petite lueur dans l'œil de N°4 indiquait qu'il commençait à suivre.

- Bon, je vous résume, vous deviez être trop jeunes quand ça passait à la télé, vous deviez faire vos devoirs, sûrement. Dans le film, Redford est un petit escroc. Il arnaque Robert Shaw. Grosse erreur, celui-ci flingue son comparse. Redford n'est pas content du tout, oh ça non. Avec l'aide de Newman, il monte une grosse arnaque pour piquer tout ce que Shaw possède, et l'envoyer du même coup en prison. Un film très immoral, mais instructif. Et l'une des scènes clés du film, c'est celle de la grosse arnaque finale.

N°4 remettait les morceaux en place.

- Oui, bien sûr, l'Arnaque ! Ils créent un faux bureau de bookmakers, avec des acteurs, pour le coincer !

- Exactement.

Les deux autres ne comprenaient rien.

- Voilà ce que je vous propose, messieurs. Cet investisseur est un peu frileux, il a besoin d'être rassuré ? Qu'à cela ne tienne, nous allons le rassurer. Nous allons lui montrer de beaux bureaux, plein d'employés qui bossent pour nous, des locaux grand luxe et qui en jettent. Et en voyant ça, le pigeon, pardon l'investisseur, tombera forcément dans le panneau. On va louer des locaux, embaucher deux ou trois figurants, et le tour est joué.

Ca y est, la bombe était lancée : nous allions nous propulser rapidement dans la sphère du petit banditisme, section escroquerie – vol à l'étalage.

Sébastien n'en croyait ni ses yeux, ni ses oreilles.

- Mais tu es devenu complètement fou ? C'est le travail qui t'a rendu cinglé ? Il est malade, ce type !

Il prenait Bertrand à témoin. N°4 se mit à rigoler.

- Ca me plaît, ton plan, ça me plaît bien. On va se le faire, le pigeon. Avec ça, il y a de bonnes chances pour qu'il nous finance.

Bertrand négociait avec sa bonne conscience.

- C'est peut être un peu rude, mais on a une petite chance que ça marche…

Sébastien était horrifié.

- Quoi ? Vous vous liguez tous les trois pour foncer tête baissée dans l'escroquerie ? Dans l'arnaque ? Vous n'êtes pas bien ?! Si vos parents vous voyaient, en ce moment ! Et si les flics vous entendaient ?!

Je pris la parole.

- Sébastien, tes scrupules t'honorent. Bien sûr, je préfèrerais rester dans l'honnête, le légal. Mais les honnêtes gens, de nos jours, prennent tous la direction du bureau de recherche d'emplois ; et c'est un scénario qui ne me tente pas. Réfléchis bien. Tu me dis que c'est malhonnête ; soit, mais je ne suis pas tout à fait d'accord sur les termes : si tu y penses, on n'arnaque pas notre bonhomme. On ne part pas avec la caisse. On l'influence juste un tout petit peu pour qu'il nous finance. Comme un vrai bon publicitaire pourrait le faire. Et, si notre entreprise fonctionne, il touchera au centuple ses dividendes ! Qu'y a t'il de malhonnête ? On va le rendre riche, c'est bien ce qu'il veut, non ?

Les arguments portaient.

- En plus, c'est techniquement faisable, tu n'as pas donné notre vrai nom de société la dernière fois. Tu connais le bonhomme, ce n'est donc pas toi qui l'aborderas. Lionel, peut être ? On va faire du lobbying actif pour le rencontrer, on va l'emmener dans des bureaux qu'on aura loués et décorés pour l'occasion, avec des figurants ou des apprentis acteurs qu'on va pêcher à la sortie d'un conservatoire quelconque. Et voilà le travail.

N°4 se mit à applaudir. Ils étaient conquis, même Sébastien ne semblait plus trop réticent. Il était sans doute arrivé à la conclusion, lui aussi, que nous n'avions pas le choix. Bertrand demeurait soucieux.

- D'accord, il a l'air pas mal, ton plan, mais que fais-tu si ça ne suffit pas ? Le "pigeon" n'est peut être pas si bête, après tout. Il lui faudra peut être des garanties, un peu plus solides que la vue de nos "magnifiques locaux".

Je lui sortis l'argument imparable.

- T'inquiète, j'ai un plan de secours. Si pour une raison quelconque il n'est pas totalement convaincu, j'ai un joker un poche qui le fera pencher de notre côté, sans coup férir. Mais vous m'excuserez, je le garde en réserve.

Toujours dire ça quand on est à court d'idées. Il allait maintenant falloir le trouver, le fameux joker.

CHAPITRE 13

Les scrupules de Sébastien n'avaient finalement pas duré longtemps. Pour la forme, il avait continué à protester, soulignant l'illégalité flagrante dans laquelle mon idée fumeuse allait nous plonger. Poussant l'honnêteté jusqu'à son paroxysme, il continua de son côté à essayer d'autres pistes d'investisseurs, sans aucun résultat. La mort dans l'âme, il fit mine d'accepter notre plan. Quelle mauvaise foi. S'il nous suivait, c'était uniquement "parce qu'il restait solidaire". Il ne trompait personne.

En attendant, le timing était très serré. Nous avions fait le compte de nos ressources propres, et le résultat était plutôt affligeant. Nous n'avions en fait que trois semaines pour boucler l'opération, faute de quoi la banque nous tirerait les oreilles et nous conseillerait poliment de cesser immédiatement toute activité. Nous disposions de trois semaines d'autonomie avant le dépôt de bilan : une fois de plus, nous ne compterions pas les heures.

N°4 s'occupa du local. Ce problème me semblait a priori le plus épineux de toute notre liste.

Pour réussir notre effet, il nous fallait un bureau paysager d'au moins 150 à 200 m², complètement ouvert, sans cloison ou séparation ; nous pourrions aisément poser des pans de miroir ou des fausses portes contre les murs pour améliorer l'impression d'espace. Il fallait donner à notre proie un sentiment confus d'opulence et d'espace.

Le hic, c'était de trouver la perle rare rapidement et de convaincre son propriétaire de nous le louer pour une durée n'excédant pas deux semaines. La tâche me semblait insurmontable. Mais N°4 n'était pas du même avis ; il disait avoir une combine quasi infaillible, dans le 15ème arrondissement. C'est donc avec joie que nous lui confiâmes la responsabilité du studio de tournage.

Pourquoi un studio de tournage ? Nous avions convenu qu'il nous fallait absolument des figurants. Nous pouvions contacter tous les amis, connaissances, vagues relations ou voisins putatifs que nous pouvions rassembler. Mais, d'une part, notre temps était compté, et d'autre part, l'opération était totalement illégale, et nous aurions du mal à dissimuler cet aspect à nos proches. La meilleure solution nous semblait donc de simuler le tournage d'un film ; nous recruterions de jeunes acteurs grâce à ce pieux mensonge, nous les ferions répéter, ils tourneraient la "scène" avec notre investisseur et seraient payés au tarif syndical. C'était ce qui nous convenait le mieux. Et puis, quel autre choix avions nous ?

J'étais en charge du recrutement ; je pensais faire les petites annonces, la sortie des conservatoires, des écoles de cinéma ou des répétitions de théâtre.

Sébastien et Bertrand s'était vus confiés la logistique. Par logistique, il fallait comprendre : tout le reste. Pour le bureau, nous allions certainement avoir besoin d'un grand nettoyage, d'aménagements divers, de mobilier ; mais aussi de costumes pour nos figurants, de lignes téléphoniques, de se procurer au moindre coût du matériel informatique …

Dans l'immédiat, ils s'attelèrent à la location d'ordinateurs et de meubles de bureau. Il fallait convaincre très vite des loueurs, sans avoir forcément en caisse la caution à verser. Toujours la même histoire.

Nos finances allaient nous poser problème. Ce qui restait de notre apport initial n'allait pas être suffisant. En outre, la situation économique de chacun était désastreuse : ces quelques mois sans solde avaient creusé de profonds déficits dans les comptes en banque. Nous allions être obligés de payer le maximum à crédit, sans garantie, uniquement sur notre bonne tête. Il allait falloir tout le talent de négociation de chacun pour nous en tirer.

Autre point d'interrogation, et non des moindres : comment attirer l'attention de notre investisseur ? Nous n'étions pas les seuls à quémander de l'argent, et même avec notre subterfuge, le premier contact serait très difficile à obtenir. Il fallait mettre le pied dans la porte. La solution ? Le faire rêver.

Anatole, que je contactai de temps à autre, pour le tenir au courant de nos pérégrinations, me donna la solution. Elle tenait en un mot : Stéphane. Non, il aurait difficilement pu faire rêver qui que ce soit ; mais, avant de donner son âme au Web, il avait travaillé dans la presse magazine comme maquettiste et graphiste. Ses talents allaient nous être précieux. En outre, il me savait pingre, et ne se faisait pas d'illusion sur ses émoluments.

N°4 n'avait pas menti : son plan était sûr. Il avait dégotté, en moins de temps qu'il n'en faut pour le dire, un bureau dans la tour Maine-Montparnasse. Le propriétaire était un ami intime du frère de l'ami de sa sœur… Une histoire rocambolesque dont personne ne comprit un traître mot, mais peu importait. Nous pouvions le louer le temps de l'arranger et de tourner notre scène, à un tarif modique. Car c'est ainsi que N°4 avait présenté la chose : nous étions une petit société de production audiovisuelle, et nous devions tourner un épisode d'une série bien connue (dont il nous faudrait par la même occasion inventer le nom). L'épisode du jour décrivait la rencontre du héros, jeune entrepreneur dur à la tâche, avec un gentil capital-risqueur un peu craintif. N°4 avait expliqué que cette série était coproduite par le syndicat des patrons pour tenter de semer chez la jeunesse du pays la fibre de l'entreprise. Et du coup, le propriétaire du local avait insisté pour assister à l'enregistrement. N°4 lui avait promis "qu'on verrait".

Je contactai Stéphane dans la foulée et lui expliquai notre problème. Nous avions opté pour le détournement d'un article de magazine. Le journal en question était un mensuel à gros tirage devenu la référence absolue pour connaître les vainqueurs et les tocards du Net. Le dernier numéro venait de paraître ; notre idée était de créer un faux encart publicitaire, dans la charte graphique du magazine, qui vanterait nos mérites. Les journaux ont souvent recours à ce genre d'artifice pour convaincre de s'abonner : ils distillent quatre ou cinq pages, histoire d'allécher le badaud, et présentent le bulletin d'abonnement. Nous n'aurions plus qu'à le glisser dans sa boîte aux lettres.

Sébastien avait rédigé dans la hâte un panégyrique absolument invraisemblable des mérites de www.gargooye.com ; nous y étions crédités du plus grand sérieux, du plus alléchant des potentiels, et le rédacteur en chef lui même s'émouvait que nous ne soyons pas encore multimillionnaires. Le style ne versait pas dans la demi-mesure, mais l'enthousiasme rayonnait et nous espérions que ce fut communicatif.

Stéphane recréa en deux clics de souris une maquette, en tout point conforme au modèle, et inclut, pour la vraisemblance, deux ou trois autres articles, des publicités et des logos. Le tout avait excellente facture : nous y aurions nous-mêmes cru. L'important, c'était qu'il soit convaincu.

Dans le même temps, nous commençâmes l'aménagement des locaux. Ceux-ci n'avaient pas été occupés depuis plusieurs mois, et ça se voyait. Plusieurs infiltrations d'eau avaient fait leur travail de sape. Ca sentait le moisi, le pourri, et les épisodes de la vie de quelques colonies de souris. J'étais assez content d'avoir distribué les rôles : Sébastien et Bertrand, préposés au nettoyage, beaucoup moins.

Je n'oubliais pas ma mission. Il me fallait une trentaine de figurants. Nous devions jouer très finement sur tous les petits détails, tout ce qui conforterait l'illusion. Je commençai par constituer une petite annonce, que je placardai un peu partout :

"Cherche figurants,

H ou F,

23 à 35 ans,

pour tournage d'une scène d'essai pour un long métrage,

Durée : 1 journée de tournage + 1 journée de répétition ",

suivi du nom d'un grand cinéaste que je venais d'inventer. J'improvisai une biographie sommaire, le créditai d'une dizaine de films tournés à l'étranger. Je rajoutai la promesse d'une prime, espérant que cette mesure accélèrerait les candidatures. J'avais compté 500 francs, soit au total 15000 francs. Si jamais notre "client" ne mordait pas à l'hameçon, il nous faudrait très vite changer d'identité et de pays, j'en avais peur. La foule des créanciers et des mécontents serait fournie.

Avec un profil aussi peu spécifique (le type de figurant que j'avais décrit devait bien représenter 95% de la profession), je comptais sur un retour massif et rapide. Et je ne fus pas déçu.

Etait-ce la gratification (être payé lors d'une figuration n'allait pas de soi) ou la perspective de jouer dans le film d'un réalisateur gréco-moldave, inconnu mais génialissime ? Je ne pouvais trancher. Je récoltai environ 25 demandes, moitié filles moitié garçons. Je demandai à chacun de prévoir un costume ou un tailleur, mais la plupart n'en avait pas. Nous en fûmes quitte pour trouver d'urgence 11 tailleurs et 14 costumes. Un jeu d'enfant pour mes associés, débrouillards comme je les connaissais.

Et une fois de plus, N°4 nous sauva la mise. Le beau-frère du neveu de sa tante… Bon, on ne voulait pas savoir. Il aurait tout cela pendant deux jours. Nous prévoyions une première journée de répétition, pour distribuer les rôles, et autant que faire se peut donner l'impression à tous que nous travaillions bien dans le secteur audio-visuel. En contrepartie, nous devions soigner tous les détails pour que l'investisseur y croit.

Le faux journal fut distribué à notre proie. Il n'y avait plus qu'à croiser les doigts.

A partir de ce moment, nous commençâmes devenir tous très nerveux. Et s'il ne mordait pas ? Et s'il avait renoncé à financer une Start up ? Et si notre scénario foirait lamentablement ? Et si la vue de nos splendides locaux ne lui suffisait pas ?

Je tâchais d'être rassurant ; après tout, j'étais l'instigateur de cette idée idiote. J'assurais tout le monde qu'il n'y aurait pas d'accroc, j'avais un joker si tout allait mal.

- C'est quoi, ton fameux joker ? Je me sentirais mieux si tu nous en parlais.

Pas maintenant. Je ne pouvais pas le révéler tout de suite.

N°4 contacta l'investisseur. Il menait les travaux d'approche, Sébastien étant hors course.

Au terme d'une lutte épique, il réussit à décrocher un rendez vous dans nos locaux. L'investisseur avait été favorablement impressionné par l'article élogieux. Il n'avait donc pas encore découvert la supercherie. Il viendrait 3 jours après. Nous devions faire vite.

Les locaux étaient quasiment prêts. Ils sentaient un peu fort la peinture fraîche, nous avions poussé la clim' à fond, au risque d'attraper une pneumonie, pour évacuer l'odeur. Les ordinateurs étaient arrivés le matin, nous les avions installés dans la hâte. Il fallait juste cacher la misère, donner le change en mettant un dossier bidon ici, une jolie plante par là, l'investisseur n'allait pas soulever les tapis pour voir si nous avions fait la poussière.

A la fin d'une journée proprement épuisante, le bureau avait fière allure : 195 m² d'appareils informatiques, de chaises de bureau design et de meubles dernier cri : cela sentait bon l'entreprise qui en veut. Sébastien avait acheté à crédit tout le mobilier, et il irait le rendre au magasin après notre petite scène, en prétextant que leur couleur ne s'harmonisait pas avec la teinte de la moquette, ou quelque autre prétexte fallacieux. Plus vrai que nature. La répétition était programmée pour le lendemain.

Elle se passa plutôt bien dans l'ensemble. J'accueillis les figurants (aucun ne manquait à l'appel) et distribuai les costumes et les rôles. Ils avaient tous l'air assez étonné.

- Mais où est M. Théocratopoulos ?

Question éclair de Bertrand.

- Qui c'est ce Théo…

Un discret coup de pied dans son tibia, et il perdit momentanément l'usage de la parole. Je repris promptement.

- M. Théocratopoulos, le génial réalisateur, ne sera pas là, ni pour les répétitions ni pour le tournage. Il a un agenda très rempli, et doit être en ce moment à la cérémonie de la remise des Ours d'or à Berlin.

- Mais c'est dans trois mois ?!

Bon, ils commençaient à me fatiguer, les comédiens.

- Oui oui, c'est peut être les gondoles d'or à Venise où les Vodkas de platine à Moscou, je ne sais plus trop. Je suis son assistant, mais pas sa secrétaire. Le Maître n'est pas volontiers bavard quand il s'agit de ses différentes activités, et son naturel fantasque l'entraîne sans cesse sur des chemins inconnus, vers de nouveaux horizons… Ah, ces gréco-moldaves… Le sang chaud de la Méditerranée… La rudesse de la Moldavie.. Mais nous allons peut être commencer la répétition, n'est-ce pas ?

Tout le monde se mit en place.

- Et où allez vous mettre les caméras ?

Les caméras ! C'est vrai qu'on était censé tourner un film, ou un feuilleton, je ne savais plus trop, je commençais à m'embrouiller, et j'avais oublié le matériel de tournage. La pression ne me réussissait pas.

- Heu, oui, bien sûr, la caméra. Voyons…

L'inspiration venait. Je me détendis.

- En fait, voyez vous, le Maître m'a tout appris. Je l'ai suivi et observé lors de ses cinq derniers films, du Plus grand que la butte Montmartre, jusqu'au fabuleux Mais à quelle heure passe le bus ? Sa méthode dérange, effraie, fascine. Chez lui, tout est spontanéité. Spontanéité du jeu, de l'éclairage, de la mise en scène ou du cadrage. Vous comprendrez ainsi qu'on n'ait pas de lumière, ni d'éclairagiste. Pas de script non plus. Tout va naître du chaos ambiant, de l'improvisation…

Je partais complètement en vrille. J'allais finir chez les dingues, à force.

- Oui, heu, sauf celle des figurants. Ah oui, ça, pour lui, pour le Maître, le figurant est le "pilier de bar de la scène", tel qu'il le décrit. Le figurant doit être un roc, indestructible, l'épine dorsale de toute la scène. Il doit répéter, il doit être imprégné de son rôle, car si tout s'écroule, si la technique vacille et si la scène s'effondre, lui seul demeurera debout et montrera à tous la lumière.

J'avais gagné. Tout le monde devait me prendre pour un cinglé.

La répétition se montra globalement positive. Je n'étais pas sûr que les figurants comprenaient bien ce que nous faisions, mais ça valait beaucoup mieux. De temps à autre, je donnais le change, je reprenais quelqu'un, je corrigeais une attitude.

- Voilà, toi, tu dois imaginer que tu travailles, mettons, dans l'informatique, et que tu as un gros problème à résoudre, alors tu te prends la tête, tu commences à en parler avec tes camarades, tu veux partager ça, pour ne pas que tu sois le seul que ça énerve. C'est un métier où on communique beaucoup sur ce qui ne marche pas, et dans lequel on ne cesse d'ennuyer les autres.

On créait le script au fur et à mesure. Il fallait absolument qu'on ait l'air un minimum professionnel, sans cela nos figurants risquaient fort de ne pas revenir le lendemain, pour la véritable confrontation.

La journée fut éprouvante, mais elle permit de tout mettre en place. Le plus dur restait à faire.

CHAPITRE 14

La nuit fut courte.

Ou longue.

Du moins, agitée.

Très agitée.

Aucun de nous ne réussit à vraiment trouver le sommeil. Ma nuit fut peuplée de figurants assoiffés de sang et d'investisseurs fous armés de haches.

Au matin, les visages étaient livides et d'aspect terreux. Nous nous étions dopés dès la première heure à l'expresso italien hyper-serré. L'effet excitant de la caféine nous mit dans l'état de nerf adéquat.

L'oncle de la tante du beau fils de …, enfin bref, N°4 nous avait trouvé deux caméras en quasi état de marche. Des vieilleries ; elles auraient pu être contemporaines de Murnau. Ce petit détail ferait jaser les figurants, mais nous avions la parade : nous dirions que le Maître, dans son délire esthétique, désirait une image brute, vieillie, outragée par le temps, pour sublimer la spontanéité du tournage. Nous avions résolu de mettre les engins hors de leur portée, pour éviter les ennuis, car nos acteurs comprendraient vite la supercherie. En outre, il nous fallait les cacher aux yeux du financier, pour lequel nous n'avions trouvé aucune explication valable. Il s'agirait de composer, le cas échéant. Pour les comédiens, j'avais bricolé une explication vaseuse pour justifier que les caméras soient planquées, genre : "la nécessité de laisser à l'acteur principal tout le champ, vidé des instruments d'enregistrements". Je prenais plaisir à donner un aspect mythique au réalisateur.

N°4 avait réussi à décider le propriétaire des locaux de ne pas venir. Il avait bataillé ferme, avait argumenté comme un beau diable, et en était presque arrivé aux mains. C'était un gros souci de moins.

A 8h30, nos figurants arrivèrent, pour l'habillage et les dernières consignes.

A 8h50, ils étaient prêts, à leur poste. Les ordinateurs étaient démarrés. J'avais placé les caméras de telle façon qu'elles restent quasi invisibles pour tout le monde. Je les leur avais montrées, et j'avais fait mine de les démarrer. "Le souhait du maître est de prendre tout ce qui passe devant les caméras, sans que celles-ci n'interfèrent avec le milieu. Au montage, l'ensemble sera transcendé et sublimé".

A 9h précise, le téléphone sonna. L'investisseur était à la porte. Je sentis mon cœur battre à tout rompre. Je pouvais presque entendre celui des autres.

N°4 menait l'attaque, car il y avait un risque que notre pigeon reconnaisse la voix de Sébastien. Celui-ci restait en réserve, il ferait mine de travailler avec les autres ; il n'interviendrait qu'en cas de gros pépin.

N°4 commença par présenter la société, son but, ses moyens. Il avait appris son discours à la perfection, et le ressortait d'une voix très assurée et étrangement calme. On y aurait cru.

Il présenta toute l'équipe dirigeante, et, parti sur sa lancée, improvisa quelques noms de collaborateurs et collaboratrices, "pour faire plus vrai", avoua t'il après. Pour le moment, tout allait bien.

Puis il rentra dans le vif du sujet, le moteur de recherche. Notre client n'avait pas l'air spécialement au courant des dernières évolutions de la technique ; le simple fait que le déplacement de cette petite bouse de plastique, sur le bureau, et le bidule ressemblant à une flèche à l'écran étaient liés, constituait déjà chez lui un incroyable motif d'émerveillement.

Seulement, sa patience était limitée, et, après quelques minutes d'exposé, il commença à bailler. L'inaction l'insupportait. N°4, un instant décontenancé, embraya sur le plan petit b : les atouts concrets du moteur.

- Voyez vous, cher monsieur, tout ce vocabulaire technique et barbare ne fait que théoriser l'extraordinaire avancée de ce projet. Ce que nous vous proposons, c'est tout simplement une nouvelle façon d'utiliser Internet, de l'utiliser mieux et plus en profondeur, à un degré jamais atteint jusqu'ici...

Sébastien avait dû se régaler en écrivant ça.

- Oui, grâce à nous, tout un chacun pourra bientôt rechercher n'importe quoi sur Internet, en étant assuré de le trouver, tôt ou tard ! Notre système gardera trace de tout ce que demandera l'Internaute. Notre but : le servir et lui plaire.

Petit geste de la main vers Bertrand, qui attrapa prestement le clavier et la souris.

Autour de nous, les figurants jouaient leur rôle, vaquaient à leurs occupations. Un costume sombre empoigna un téléphone et appela le tailleur clair du fond. Le téléphone sonna. Une chemisette bleue entra dans le bureau, en grande conversation avec un col roulé. Il y avait une vie de bureau. Cela faisait vrai. Pourtant, ils avaient tous l'air vaguement intrigué. Cela ne ressemblait décidément pas à un tournage de série télévisée, les vétérans pouvaient en témoigner. Je leur faisais de temps à autre de discrets signes d'encouragement.

L'investisseur regardait l'écran, fort attentif à la démonstration. En vérité, il s'ennuyait ferme. Il lui fallait du concret. Il fallait parler à son imaginaire. J'en avisai Bertrand d'un furtif coup de pied dans le tibia (l'autre tibia).

- Et donc, nous pourrons connaître, finalement, les goûts de nos utilisateurs, ce qui nous permettra, comprenez vous, de parfaitement cibler la publicité que nous leur présenterons, et ainsi obtenir des prix de vente d'espaces publicitaires faramineux !

Il était sceptique, le bougre, et un tantinet soupçonneux. Qu'est ce qui clochait dans la mise en scène ?

Je compris. Nos figurants n'avaient pas l'air de travailler. Ils faisaient du bruit, s'agitaient, mais ne semblaient pas avoir de ligne à suivre. Ils jouaient en boucle un rôle pas assez fouillé.

L'investisseur avisa l'un d'eux, cravate bleue - chemise grise.

- Et vous mon garçon, depuis quand êtes vous dans cette société ?

Mais ce n'était pas prévu, ça ! La cravate bleue se tourna vers moi, implorant une réponse. Moi, j'étais scié. Tétanisé. On avait prévu pas mal de scénarios catastrophes, mais pas de ce genre.

Le silence se fit oppressant. Cette fois-ci non plus, nous ne pouvions pas sauter par la fenêtre. On était au moins au 20ème étage.

C'est le tailleur beige à sa droite qui nous sauva la mise. Elle se leva d'un bond.

- Veuillez excuser mon collègue, il est sourd muet, enfin je veux dire juste muet, un accident à l'âge de trois ans, un vrai carnage, et donc, forcément, il est muet, il ne parle plus … voilà …

Grandiose. J'embrayai.

- Oui, ce garçon absolument brillant est muet ! Et alors ? J'espère que cela ne vous dérange pas ?

- Heu, non non…

Il fallait rebondir.

- Vous savez, chez nous, nous n'avons aucun problème de communication. Et vous savez pourquoi ? Parce que nous sommes des professionnels, tout simplement. A l'instar de notre site, nous n'avons qu'un seul but : rapprocher les gens. Faire qu'ils se comprennent. Notre site est fait pour ça. Pour que les gens trouvent des réponses à leurs questions, tout simplement.

L'alerte était passée. Bertrand prit le relais.

- Et donc, cette fonctionnalité vous permet, par exemple, de trouver tous les sites équivalents à un autre. Imaginez, vous faîtes une recherche sur... mettons, la poterie auvergnate du XVème siècle.

- Ca alors, c'est extraordinaire. Savez-vous justement que j'adore ce type de poterie ? Si riche, si évoluée pour l'époque...

Ouais ouais, on savait, j'avais soudoyé un de ses employés pour savoir ce petit détail. Ca m'avait juste coûté une bière, passée en note de frais. Pas cher payé.

- ...Et donc, vous trouvez un site ; celui-ci vous plaît, vous lui donnez une note. Vous voulez chercher d'autres sites, équivalents, et susceptibles de vous plaire : cette fonction est là pour ça.

- Ohhh ! Impressionnant !

Enfin, le poisson était ferré. Il fallait laisser filer la ligne, sans brusquerie, le poignet ferme et souple à la fois, une main de fer dans un gant de velours.

N°4 passa à la section finances (celle des arguments massue), avec quelques graphiques prévisionnels de chiffres de publicité pour les années à venir, ainsi que le prix de vente auquel nous pourrions afficher nos espaces publicitaires, et le prix des listes d'internautes ciblés ; quand il nous manquait des chiffres, nous les inventions : nous n'étions plus à ça près.

Il semblait de plus en plus intéressé. Avec tous ces chiffres, il frétillait d'aise. Il était dans son domaine.

Il se leva d'un bond de sa chaise, et se mit à aller et venir, visiblement surexcité. Ca ne me plaisait pas trop, ça aller énerver nos figurants.

Il s'arrêta soudain, en désignant une plante verte. Qu'est ce qu'il allait inventer ?

- Et ça, c'est quoi ?

Oh non, la caméra ! Je l'avais oublié, celle-là.

Je le pris par l'épaule, avec une mine de conspirateur, et me mis à chuchoter.

- Ne paniquez pas, cher monsieur, ce n'est rien. Nous sommes en train de tourner un film institutionnel, pour réaliser la promotion de notre entreprise. Mais je préfèrerais que vous n'attiriez pas trop l'attention sur cette caméra. J'aimerais beaucoup que nos employés restent le plus naturel possible, et ne se rendent compte de rien. Ils risqueraient sinon de ne plus être spontanés, vous savez bien comment sont les gens quand ils voient un appareil photo ou une caméra.

Visiblement, il savait bien comment sont les gens.

- Oui oui, d'accord…

Il n'insista pas.

Ce n'était pas le mauvais cheval, après tout. Il repartit dans ses rêves de CA prévisionnels. Je m'interposais tout de même entre lui et le premier bureau, près de la caméra ; nous touchions au but, il fallait éviter les gaffes.

Il s'assit à côté de Bertrand, l'air ravi.

- Et bien, messieurs, je dois dire que je suis très impressionné. Vraiment. J'étais venu avec un certain a priori ; vous savez ce que c'est, les petites sociétés, on se méfie parfois, il m'est déjà arrivé de voir de jeunes entreprises "bidonner", passez moi l'expression, leurs chiffres…

Ben voyons.

- … mais vous m'avez l'air très sérieux. La seule chose qui me fait encore douter, voyez-vous…

Quoi donc ?

- … c'est la somme que vous me demandez d'investir. Cela fait beaucoup, vraiment beaucoup d'argent, et je ne serais pas très rassuré d'être le seul à y aller de ma poche. Non pas que vous ne soyez pas dignes de confiance, mais, pardonnez moi l'expression, je suis parfois un peu "trouillard"… à mon âge, on ne me refera pas…

Sébastien se décomposa. On n'avait aucun autre pion à avancer ; on avait tout jeté dans la bataille, sans arrière garde. Echouer maintenant n'était pas concevable, pas après tout ce que nous avions fait, tout ce que nous avions enduré.

Il était temps de sortir le joker.

Sébastien ouvrit la bouche, voulant tenter le tout pour le tout. Je le coupai d'un signe de la main.

- Mais bien sûr, cher monsieur, c'est tout à fait compréhensible. Je dois même vous faire une confidence : à votre place, j'aurais demandé la même chose. J'aurais même été surpris que vous ne nous posiez pas la question.

Mes camarades n'auraient pas été plus étonnés si j'avais sorti un lapin de son oreille.

- En fait, notre recherche d'investissement est assez fructueuse en ce moment. Je ne devrais pas le dire, je suis sous le sceau du secret, et j'espère que mes associés me pardonneront cette indiscrétion. Désolé vous autres, vous comprenez, il faut que je lui dise.

Ils opinèrent, éberlués.

- Hé bien, sachez donc que depuis hier, oui depuis hier seulement…

Roulement de tambours.

- la Banque Générale fait partie de nos investisseurs.

La Banque Générale était une des plus grosses banques de la place, et, incidemment, celle où j'avais fait ma longue et ennuyeuse mission chez mon ancien patron.

Les visages de mes interlocuteurs s'illuminèrent soudain. Pour des raisons différentes.

- D'ailleurs, si vous le voulez bien, je vais appeler le responsable de la branche Capital-Risque et nous allons tout de suite prendre rendez-vous, il pourra ainsi vous parler de son engagement vis à vis de notre société.

Je décrochai le combiné, et pianotai sur le clavier. Un silence religieux régnait dans la salle. Les figurants avaient compris qu'il se passait un moment fort. Tous avaient les yeux braqués sur moi.

- Allô, bonjour cher monsieur, je vous appelle à propos de www.gargooye.com… Oui, très bien, merci, et vous ?… Ecoutez, j'ai à côté de moi la personne dont je vous avais parlé, l'investisseur potentiel… C'est cela, lui même… Il semble intéressé, mais désirerait vous rencontrer, c'est bien naturel, n'est-ce pas ?… Oui, sans problème… Quoi, dans vos locaux ? Hé bien, d'accord… Disons après demain ?

J'interrogeais notre client du regard. Il acquiesça.

- Après demain, alors… Dans vos locaux, vous êtes sûr… Bien, comme vous voudrez, au revoir.

Mes trois comparses étaient médusés. Je raccompagnai l'investisseur à la porte. Il était souriant et visiblement rassuré.

- Voilà, nous passerons vous prendre après demain, si vous le voulez bien.

- Très certainement, messieurs, au revoir, messieurs.

Et il partit.

- Bon, tout le monde, coupez ! La prise était bonne ! On ne la refait pas !

Je crois que je devais une petite explication.

CHAPITRE 15

Les contacts que j'avais gardés de mes précédentes missions, et de mes précédents boulots, allaient nous sauver la mise.

En fait, la petite comédie que j'avais jouée à l'investisseur était prévue, et déjà répétée. C'était mon fameux plan de secours.

J'avais gardé de bons rapports avec mon ancien collègue de la banque, Hervé. Lorsque nous travaillions ensemble, nous n'étions pas très loin, géographiquement parlant, du domaine des Capital Risqueurs. Nous prenions d'ailleurs souvent le café avec eux.

J'avais imaginé, dans des moments de complet délire, que je pourrais toujours faire croire à un investisseur potentiel que nous avions des appuis sérieux, en lui présentant mon ex-collègue et en le faisant passer pour un haut ponte du service. Pur délire peut être, mais que j'avais l'occasion de concrétiser.

Deux options s'offraient à nous : faire se rencontrer, dans nos locaux, l'investisseur et mon providentiel collègue, bombardé "Responsable du Capital Risque". Cela n'aurait pas assez d'impact.

Deuxième solution, les emmener au siège de la Banque Générale, dans le bureau même du responsable. Ce plan avait de la gueule, mais il butait sur un nombre incalculable de petits problèmes: il fallait pouvoir rentrer dans l'établissement et déjouer la surveillance des gardes de la Sécurité, donc nous procurer des badges d'entrée ; il fallait éloigner, pour une après-midi, le vrai responsable du service, sous un prétexte fallacieux ; il fallait enfin pouvoir disposer de son bureau sans être dérangé par quiconque susceptible de faire capoter le plan (soit à peu près tout le monde).

En clair, pour avoir une chance de réussite, il était nécessaire de s'acheter des complicités.

J'en avais parlé à Hervé, qui avait poussé des cris d'orfraie.

- Mais tu ne te rends pas compte ?! Ca va me coûter ma place ?! C'est complètement illégal, de faire rentrer clandestinement des gens…

Et ainsi de suite. Il m'avait fallu des talents de diplomate pour le convaincre que cet épisode serait follement excitant, et qu'il aurait de cette façon au moins un souvenir intéressant de sa vie à raconter à ses petits enfants, si tant est qu'il en ait un jour… Avec Hervé, la tactique de la douche froide payait.

Finalement, il dit être partant. J'étais sûr qu'au fond, il en mourait d'envie, tellement son travail actuel lui semblait insipide. Nous en avions déjà parlé auparavant, et ça n'avait pas changé. Envie d'aventure, mais pas envie de faire le premier pas. Nous étions faits pour nous entendre.

Quand j'exposai mon fabuleux plan à mes camarades, je crus que Sébastien allait avoir une attaque.

- C'est pas possible, dîtes-moi que je rêve, mais il est complètement fou… Et tant que tu y es, tu ne veux pas qu'on attaque les blindages des coffres de ta banque au chalumeau ? Ca irait plus vite que de trouver un investisseur, non ?

Mes deux autres associés n'avaient pas non plus l'air très chaud.

- On va peut être un peu loin, là…

En vérité, la seule autre option qui nous restait était de mettre la clé sous la porte. Nous n'avions pas le choix. Ils se rangèrent, mollement, à mes arguments.

Je n'avais en revanche pas de solution à apporter pour le problème des badges d'entrée. Il allait falloir qu'Hervé se mouille.

- Allez Hervé, bien sûr, ce n'est pas très légal, mais pense à tous les souvenirs que ça te fera… Non, évidemment, tu ne pourras pas le raconter à tes collègues… Ben oui, sinon, pour nous tous, ce sera la taule… D'ici dix ou quinze ans, tu pourras en parler, je t'assure… Avoue que ce n'est pas banal…

Je réussis à le convaincre de demander des badges temporaires pour la visite de gros clients potentiels. C'était en principe au responsable du pôle de faire ce type de demande. Hervé avait profité d'une pause café de la secrétaire pour falsifier une ou deux signatures, et le tour était joué. Il aurait 5 badges prêts le jour dit.

Autre souci : se débarrasser du véritable responsable du secteur Capital Risque. Il fallait trouver un moyen de l'envoyer à l'autre bout de Paris. Si j'avais choisi le surlendemain comme date de rencontre, ce n'était pas tout à fait par hasard : une grève massive du métro et des bus était prévue. Ainsi, il passerait déjà des heures à aller à son rendez vous, puis verrait qu'on lui avait posé un lapin, serait fou de rage, et perdrait encore quelques heures à revenir. En théorie, nous n'avions besoin que d'une heure et demie au plus pour boucler notre opération. Mais il valait mieux prévoir large.

La journée fut chargée : il fallut vider le bureau, rendre tous les meubles, le matériel, les costumes, bref tout ce qui nous avait servi pour le « tournage ». Gratter, frotter, déménager, aspirer…

Les tâches ménagères suscitant la réflexion, Bertrand, tout à son éponge, imagina une diversion pour éloigner le responsable.

Une Start up dans le domaine de la vente de détail aux particuliers était en train de pulvériser toutes ses prévisions de vente, et devenait potentiellement plus qu'intéressante. Elle n'avait encore aucun investisseur dans son capital.

Nous avions donc passé un coup de fil à la Banque, en nous faisant passer pour un des responsables de cette société surdouée. Et nous avions obtenu que le grand ponte du département vienne dans leurs locaux. La banque était à la Défense, le siège social de la Start up à Nogent sur Marne. Cela lui faisait tout Paris à traverser. Il fallait espérer qu'il ne soit pas trop méfiant et qu'il ne confirme pas le rendez vous avant de partir, mais il était plutôt connu pour foncer tête baissée ; nous avions une bonne chance qu'il ne découvre rien. Le champ allait être libre.

Hervé devait jouer le patron du Capital Risque. Ça aussi, ça clochait. Il avait l'air trop jeune, trop débutant pour diriger ce secteur. En fait, il réussit à nous convaincre du contraire.

- Ton pigeon, là, il est un peu benêt, tu m'as dit. Bon, très bien, on va lui dire que ça se passe comme ça dans le secteur. Il faut des jeunes à la tête de ces branches, des gens pas encore blasés par leur métier, plein d'enthousiasme, au fait du marché et capable de comprendre les jeunes créateurs. Je ferai preuve de beaucoup de fougue, tu peux me croire. La fougue, je ne l'utilise en général pas énormément pendant mes horaires de bureau normaux, j'en ai donc accumulé une belle quantité, qui ne demande qu'à servir. On va lui faire le coup du jeune patron dynamique et surbooké, et ça passera au poil, tu verras.

Il jubilait à l'idée d'endosser un rôle de manager. Ses première craintes avaient été balayées par l'envie de s'amuser un peu. Quel inconscient. Je n'aurais jamais accepté à sa place. Le temps devait vraiment lui paraître long.

Il apprit un discours savamment concocté ; il fallait rassurer le pigeon, notre Gentil Investisseur (il prit le surnom de G.I.), en insistant bien sur la confiance pleine et entière que la Banque nous accordait. Avec ce traitement, ce serait bien le diable si nos caisses ne se remplissaient pas très vite.

Le jour J arriva.

Hervé m'appela : le grand chef était parti bille en tête vers son obscur rendez-vous. Le champ était donc libre. Nous passâmes prendre notre sémillant G.I., tout excité à l'idée d'aller rencontrer le chef du Capital Risque de la Banque Générale. Il n'allait pas être déçu.

La Banque occupait une tour de belle dimension dans la Défense, jetant son ombre menaçante sur le Parvis.

Nous arrivâmes à l'accueil, le cœur battant, implorant saint Pierre, Paul et Jacques de pouvoir passer les tourniquets de l'entrée sans encombre.

Les gardes nous regardaient d'un œil sans aménité.

Séquence émotion.

Vue notre nervosité, nous avions peur de faire une gaffe. Mais tout le monde se comporta normalement, et nous prîmes l'ascenseur, direction le 21ème.

Là, tout était question de timing. En effet, la secrétaire du patron gardait l'entrée de la tanière. Hervé avait prévu de profiter de la pause café de ladite. Ses horaires étaient d'une précision redoutable : à 10h30, son collègue du bureau voisin venait la chercher, et ils allaient ensemble à la cafétéria. Nous avions une plage de temps idéale.

A 10h35, nous sortîmes de l'ascenseur, et croisâmes la secrétaire. Elle manqua de me voir, je me précipitai derrière N°4 pour m'enfouir la tête dans un volumineux dossier. J'avais complètement oublié que je la connaissais, et que, par conséquent, elle pouvait fort bien me reconnaître. Et si elle pouvait me reconnaître, d'autres le pourraient aussi. Je résolus de me déplacer avec la tête à moitié enfoncée dans mon attaché-case. J'avais l'air idiot, mais nous pouvions ainsi passer les barrages.

Nous arrivâmes devant le bureau. Personne à l'horizon : après vous cher monsieur la finance, donnez-vous donc la peine d'entrer.

Le bureau du responsable en imposait. Grand, spacieux, décoré avec goût, ça ne cadrait pas du tout avec Hervé.

Il avait mis un costume et une cravate, qu'il avait dû emprunter : la veste était trop longue, les manches lui arrivaient quasiment aux genoux, il les avait retroussées exagérément, ce qui lui donnait l'air d'un palmipède loin de sa banquise. Dans l'ensemble, il faudrait qu'il soit très bon pour convaincre ; mais Hervé en connaissait un rayon question miracles.

Il nous accueillit.

- Bonjour messieurs, je vous préviens tout de suite, mon temps est compté, j'irai donc droit au but. Nous ne sommes pas ici pour vanter les mérites de cette Start up, www.gargooye.com. Drôle de nom entre parenthèses, mais bon, soit. Je vous dirai plutôt que, selon moi, et finalement selon toute la Banque

Générale que je représente, cette entreprise nous semble très intéressante, et très saine. Sachez par exemple que…

Nous avions opté pour la stratégie du moulin à paroles : elle empêcherait notre pigeon de poser des questions embarrassantes. Cette fois-ci, Hervé travaillait sans filet.

Il assommait donc notre G.I. et le noyait sous des flots de paroles, citant de nombreux exemples de financements de Start up réussis. Il était censé faire notre publicité sans montrer que nous étions de connivence. Il souffrait, le pauvre.

Tout à coup, la porte s'ouvrit.

Hervé se crispa. Je compris que la personne qui venait de rentrer, un collègue sans doute, risquait de tout mettre par terre.

- Salut Hervé, hé, tu es dans le bureau de …

Bon réflexe, N°4 : un discret coup de poing dans le plexus coupa la parole à l'importun. Il le prit par l'épaule et sortit du bureau par la porte du fond, tout à fait calme.

Hervé essaya de reprendre ses esprits. Pas assez vite hélas, l'investisseur s'engouffra dans la brèche.

- Et alors, à quelle hauteur avez vous financé cette Start up ?

Ouh la la, la colle.

- Et bien heu… Voyons… Attendez voir… Vous savez, je brasse tellement de Start up, de participations, de chiffres…

Du fond du bureau, je lui faisais des signes désespérés avec mes doigts. Il n'avait quand même pas pu oublier ce chiffre ?

- Heu 20… Non, attendez, 10 … Oui, 10 quoi… Millions ? Ah non, oui, bien sûr, des %, 10 % des actions… A quel prix ? Ah écoutez, pas assez cher pour ce que vaut la société, croyez le bien…

Sébastien et Bertrand étaient crispés sur leur fauteuil. On entendait gémir le cuir sous la pression des mains.

Je regardai l'investisseur. Il avait sorti sa calculatrice, il tapotait dessus, je pose 10, je retiens 3.

N°4 entra en trombe dans le bureau. Il avait l'air très excité, il en bégayait.

- Je crois, il me semble, que nous avons un rendez vous très urgent, ne pensez vous pas ? Et le directeur de …, enfin, vous savez, celui qu'on voit ici de temps en temps, dans ce bureau même, et bien je crois que je viens de le voir passer…

Catastrophe : il était déjà de retour ! Ca faisait à peine une heure qu'on était dans la place !

Sébastien n'y tenait plus, il s'adressa à l'investisseur :

- Alors ? Au final, qu'en pensez vous ?

Longues secondes d'angoisse.

Nos 5 cœurs battaient la chamade.

- Je crois…

Il nous fit languir, l'Apôtre.

- Au début, je ne vous prenais pas au sérieux, mais maintenant, je pense que votre entreprise vaut le coup. Mais il me faut avant étudier soigneusement le dossier ; ce n'est pas rien, ce que vous demandez…

Il baissa la voix.

- Dîtes, c'est que 10 millions de francs, c'est une belle somme.

Bon, rien n'était joué.

En attendant, il fallait qu'on dégage le terrain en vitesse. Nous bondîmes hors de nos sièges. Bertrand empoigna le bras de l'investisseur et nous le suivîmes à fond de train, avec Hervé derrière nous qui effaçait toute trace de notre visite.

Par miracle, la secrétaire ne nous remarqua pas. Nous croisâmes le directeur du département dans le couloir, hors de lui.

- Comme ça, un plaisantin se permet de me faire des farces ! C'est inadmissible ! Heureusement que je les ai rappelés à mi-chemin pour me rendre compte qu'ils ne m'attendaient pas ! Vous imaginez : ce ne sont pas eux qui m'ont contacté ! On s'est moqué de moi ! Si je trouve l'enfant de …

Ses cris disparurent dans le couloir. Nous nous engouffrâmes dans l'ascenseur, justifiant notre hâte en prétextant un rendez vous capital avec un magazine très en vue, qui mourait d'envie de nous interviewer.

Nous passâmes les tourniquets de la sortie à toute vitesse. Difficile de garder son calme. La chance nous souriait peut être enfin.

CHAPITRE 16

L'investisseur s'était donné une semaine pour réfléchir et nous donner sa décision finale. Apparemment, il avait consulté toute sa brochette de sous-fifres, et "on" lui avait conseillé la plus extrême prudence. Et comme il était tout nouveau dans cette branche, et un peu "trouillard" comme il disait, il ne se précipitait pas. C'était la sagesse même. Mais nous, nous n'avions qu'une envie : qu'il signe au plus vite le contrat que nous avions préparé.

Une semaine ! Les jours prirent une consistance nouvelle avec à la clé une telle échéance.

Le lendemain de notre rendez-vous à la banque, nous reprîmes le travail.

Sébastien n'essayait même plus de trouver de nouvelles pistes de financement. Je pensais sur le coup qu'intérieurement, il avait décidé de plier bagages, de bazarder toute l'affaire si le G.I. ne mordait pas.

Il avait vraiment besoin de vacances, de calme, de repos. Il restait prostré, sur sa chaise, sans rien faire. Chez lui, cela dénotait un réel dérèglement physiologique : il avait généralement toutes les peines du monde à rester au même endroit plus de trois minutes d'affilée.

En fait, ce calme n'était qu'apparent : chaque sonnerie de téléphone l'électrifiait, il bondissait alors de sa chaise pour répondre. Il espérait en vain une réponse anticipée de G.I., notre dernier espoir. Las, ce n'était jamais lui au bout du fil, la frénésie retombait dans la seconde et Sébastien replongeait dans son apathie.

Pour N°4, les temps étaient durs. Les quelques jours qui avaient précédé l'avaient un peu déridé. Il s'était occupé de parties vitales de l'arnaque, et s'était énormément impliqué dans les phases les plus délicates. Et maintenant, l'inactivité totale. Il avait abandonné ses ministères et ses financiers institutionnels.

De fait, son désœuvrement lui minait le moral. Ses tics nerveux le reprenaient. Il était excessivement agressif, irritable, incontrôlable. La charge émotionnelle que représentait ce projet était trop lourde pour lui. Pour quelle raison ? Je n'arrivais pas à comprendre.

Bertrand, lui, travaillait. C'était sa drogue, il ne pensait pas à ce qui se passait dans la "vraie" vie, il travaillait sans relâche, arrangeait un morceau de code par ici, serrait deux ou trois boulons par là, semblait totalement hermétique à ce que nous traversions.

Moi, je penchais alternativement entre ces différents comportements. Je traversais des périodes de calme olympien, suivies de crises d'angoisse extrêmes.

Cette attente nous rendait fous, tout simplement. Les jours passaient, et la situation ne faisait qu'empirer.

Sébastien avait commencé à dévorer sa collection de crayons à papier. Il avait débuté par un léger mordillement. Puis il s'était attaqué furieusement au corps en bois. Je n'en revenais pas, je me demandais comment son organisme allait réagir. Le graphite n'a pas la réputation d'être très digeste.

N°4 allait très, très, très mal. Il se mettait dans de violentes colères, pour des raisons complètement futiles. Il suffisait que le vendeur de sandwich soit en panne de thon mayonnaise pour qu'éclate une crise d'une violence inouïe. Nous étions atterrés ; le mieux était de ne pas s'en mêler. Bertrand essaya de le raisonner :

ça avait failli lui coûter deux incisives. Nous attendions. Il fallait juste supporter les crises.

Bertrand, lui, s'enfonçait dans l'excès inverse : son détachement extrême en devenait inquiétant. Il avait l'air de se moquer éperdument de la situation, il se consacrait entièrement à ses programmes, à ses optimisations, à ses tests. C'était un bon système de défense pour lui, mais ça ne faisait que nourrir la folie naissante de N°4. Plus Bertrand était calme, plus N°4 était angoissé.

Arrivés à ce point, nous n'avions besoin que d'une chose : une diversion. Nous occuper l'esprit, ne serait-ce que quelques heures.

Nous essayâmes alors de trouver un nom définitif à la société. L'expérience ne fut pas concluante, pas le moins du monde. L'effort intellectuel était trop intense. Sébastien se mit à manger ses crayons deux fois plus vite, et attaqua les miens. N°4 accueillit favorablement ce petit changement dans ses idées noires. Mais bien vite, nous nous aperçûmes qu'il montrait des signes d'exaspération et de troubles encore plus prononcés à l'idée de ne rien trouver de valable. L'angoisse de la page blanche lui était insupportable. Et Bertrand, impossible de lui arracher un mot hors de l'univers technique dans lequel il s'était réfugié. Moi, je n'avais plus rien à proposer. Tout ce que nous réussîmes à trouver fut : www.marcherapas.com, www.cestfoutudavance.com et www.jeveuxvendredespizzas.com. Rien de concluant, donc.

Le troisième jour, la situation devint intenable. Nous avions convaincu N°4 de rester chez lui ; nous ne savions pas si cela améliorerait son état, mais au moins cela nous permettrait de souffler un peu.

Je tournais en rond, en attente DU coup de fil. Sébastien, ayant fini les crayons à papier, avait attaqué la boîte de feutres. Les réservoirs d'encre lui éclataient à la figure, mais il avait l'air de s'en moquer éperdument. Il ressemblait à un Schtroumpf, bleu, vert, et rouge.

Je lui proposai une partie de squash. Le squash est un vrai sport d'informaticiens ; il est censé pouvoir défouler toute manifestation d'agressivité due à un programme récalcitrant, un client énervant ou un patron méprisant. L'idéal dans notre situation. Sébastien opina, à la pensée de changer de régime et de grignoter une raquette de squash. Nous ne tirâmes qu'un grognement sourd de Bertrand, grognement que nous prîmes à tort pour une vague marque d'intérêt.

Le squash est par essence épuisant, recommandé pour épuiser quiconque normalement constitué. Néanmoins, Sébastien se dopait depuis deux jours aux éclats de bois et au graphite. L'avantage était flagrant.

Sébastien au service. Un ahanement rauque ponctua l'effort. Ce n'était pas une balle, mais un boulet de canon. J'évitai adroitement de me la prendre dans l'œil.

Il était nerveux.

- 1 à 0.

Ok, ok, envoie.

2ème boulet. Je crus qu'il allait se déboîter le bras, vu la violence du choc. Celle-là faillit me décapiter ; torsion du buste, pivotement de l'épaule, et hop : le tour était joué.

- Tu m'en veux vraiment ? Si je finis à l'hosto, on ne sera pas avancé.

- 2 à 0.

On allait vraiment se détendre.

Le massacre continua jusqu'à 8 − 0. Il était rouge pivoine, à force de massacrer sa raquette, la balle et le mur du fond. Sûr, on aurait presque pu voir les cratères dans les blocs de plâtre et de béton des murs de la salle. Un morceau semblait sur le point de tomber.

La fin du set fut l'apothéose. Dans un bruit de caoutchouc éclaté et une odeur de vieux pneu brûlé, la balle, ou plutôt ce qu'il en restait, s'écrasa avec un gros 'Splotch!' à mes pieds. 1 set à 0.

Je venais d'être laminé : un jeu blanc, l'humiliation suprême. Et puis après tout, s'il était énervé, j'avais de bonnes raisons moi aussi d'être en colère. Il allait voir, il allait déguster lui aussi.

2ème set, changement de balle. J'étais bien décidé à inverser la tendance. Mes envois se faisaient plus rapides, plus tordus, plus méchants. Tiens, prends ça, le fameux rebond sur deux murs, dans le coin, qui laisse l'adversaire à quelques encablures de la trajectoire réelle de la balle ; et hop le méchant lob qui retombe à un endroit impossible ; et vlan le smash parallèle au mur de côté. Je ne voulais rien lui épargner, et il commençait à être à bout de souffle. Je menais. Il s'accrochait, tout de même : 4-2, 5-2, 5-3, 6-3, 6-4… Nous arrivâmes à 8-6 à mon avantage. Le coup fatal. J'allais me refaire.

Je tirai de toutes mes forces, sans grâce ni précision, la puissance seule importait dans cette partie. La balle rebondit anarchiquement sur le mur du fond, et s'écrasa à pleine vitesse dans la poitrine de Sébastien, lequel, sous le choc et la surprise, tomba à genoux, le souffle coupé.

- Et alors, ça va ?

Il avait l'air d'avoir du mal à respirer. Il ne disait plus rien, il ouvrait la bouche comme une carpe.

- Je suis désolé, je t'ai touché, c'est pas de chance, mais enfin bon, tu aurais pu aussi t'écarter, tout de même, elle était bonne, cette balle, tu as voulu le faire exprès, pour qu'on la refasse, mais hors de question, elle est bonne, tu as sciemment triché, hein, ça ne m'étonne pas de toi !

Mauvaise foi, vraiment ?

Sébastien reprenait lentement son souffle. Il avait concédé le 2ème set. Le 3ème promettait d'être dantesque.

Et il le fut. Services canons, rattrapages incroyables, tout était bon pour gagner un point. Nous voulions chacun remporter la victoire, plus que tout au monde.

Cela tourna à la blitzkrieg, sans que personne n'ait l'avantage. Les 2 poilus, associés et probablement amis hier, s'étripaient aujourd'hui. Evidemment, le tricheur, le voyou, le vilain personnage sans foi ni loi, c'était l'autre. La moindre balle susceptible d'être discutée était rejouée, à la vive colère de son lanceur.

Nous étions ex aequo. Chaque point arraché par l'un des adversaires était immédiatement contrebalancé par une balle gagnée par l'autre.

Nous arrivâmes à 8-8, 9-9 puis 10-10. Il fallait en finir. Il fallait 2 points d'écart pour désigner un vainqueur. Nous décidâmes de mettre en jeu la dernière balle, la balle de match. Celui qui la gagnerait remporterait, sans contestation possible, la partie.

Sébastien servit. Une balle haute, qui retomberait fatalement dans le coin du terrain, sans recul à la raquette, me poussant à la faute. Je me jetai alors dessus et la rattrapai à la volée. Le smash la propulsa au dessus de la ligne, puis à l'exact raccord des murs ; l'effet produit la plaqua à terre et la fit rouler sur le sol. Il semblait que j'avais gagné. Tout s'était passé si vite !

- Minute ! Ta balle était fausse, elle était juste sous la ligne !

- N'importe quoi, elle était largement au dessus de la ligne ! Elle était bonne, j'ai gagné !

Le ton montait. Nous étions dressés comme deux coqs sur nos ergots, prêts à nous entretuer. Il ne fallait pas grand'chose pour que les raquettes deviennent matraques ou masses d'armes.

- Messieurs, messieurs !

Un petit cri, venant des gradins. Un gamin, une douzaine d'années.

- J'ai tout vu, la balle était fausse ! Vraiment, je l'ai vue !

Satané gamin. Sébastien avait dû le payer, ou lui promettre je ne sais quoi en échange. Vendu. Pourri. Fils d'andouille.

Et le voilà qui se pavanait, à présent.

- Alors, comme ça, elle était fausse… Cela veut donc dire que j'ai gagné…

Je lui aurais bien effacé ce sourire à coups de parpaings. Il ne perdait rien pour attendre.

Nous rentrâmes au siège sans piper mot. Lui, arborait ce petit rictus ridicule, moi j'étais plongé dans une froide haine. Décidément, nous devenions fous.

Et Bertrand n'allait pas mieux. Extérieurement, il semblait normal. Un œil non averti l'aurait même trouvé désespérément normal. Mais pas nous. Ce léger tremblement de la main, ces lèvres qui s'agitaient toutes seules, des signes extérieurs qui ne trompaient pas.

- Ca va, Bertrand ?

Pas de réponse. Nous nous approchâmes. Il grommelait des sons inintelligibles. Ce ne fut qu'arrivé à quelques mètres de lui qu'il se rendit compte de notre présence.

- Ah, oui, heu, bonjour, j'ai un bug, un gros, saleté, je n'y arrive pas…

Et il replongea la tête sur son clavier.

Nous nous regardâmes silencieusement avec Sébastien. Ca ne se présentait pas bien. Bertrand était parti, Bertrand était perdu. So long Bertrand. Il avait largué les amarres.

Il nous regarda alors, l'air halluciné.

- Les amis, ça ne va pas. Je crois que je prends cette affaire trop à cœur.

Nous ne pouvions pas le blâmer. N°4 était déjà en "arrêt maladie". Nous essayâmes de l'appeler à son domicile. Sans succès.

- Sûrement sorti prendre l'air.

On se rassurait comme on pouvait.

Les jours qui suivirent furent… pire encore. Il y avait une gradation dans notre déclin. La pression montait. Nous allions exploser, il nous fallait de l'air.

Trois jours de suite dans cet état : inénarrable, peu de choses peuvent décrire le cloaque dans lequel nous pataugions.

Sébastien avait découvert que les réglettes en plastique qui servaient à relier les documents avaient un goût exquis.

N°4 était toujours introuvable. Sébastien avait ses coordonnées ; mais, il ne le connaissait pas depuis très longtemps, et il n'avait aucune coordonnée d'ami commun.

Et finalement, le téléphone sonna.

Oui, d'accord, il sonnait somme toute assez souvent : des faux numéros, des propositions de pose de double-vitrage, des enquêtes téléphoniques, des créanciers.

Mais ce coup de fil n'était pas comme les autres, c'était LE coup de fil, celui qu'on attendait, le seul et unique.

C'était LA sonnerie, elle fit une drôle de vibration dans l'air. Personne n'osait décrocher.

Je regardai Sébastien, à moitié implorant.

Il prit le combiné.

- Allô ?… (silence)… Oui … (silence)… …(silence) …

Il raccrocha, l'air pétrifié.

Parle, bon sang, faut-il te les arracher, les mots, toi toujours si prolixe ?

- Il est … d'accord …

Avais-je bien entendu ?

Etais-je en pleine possession de mes moyens ?

Cela signifiait-il que G.I. nous finançait ?

Je n'arrivais pas à le concevoir. Bertrand était dans la même situation.

- Heu… Pardon ?…

- VOUS AVEZ BIEN ENTENDU !!! IL MARCHE AVEC NOUS !!!

Nous nous mîmes à hurler de joie. Pauvres voisins.

Notre réaction était à l'image de l'attente : extrême. Nous étions hilares.

Le téléphone sonna de nouveau. C'était N°4. Sébastien voulut lui apprendre la nouvelle, mais il était déjà au courant.

- Oui, je sais … En fait, je l'ai appris un peu avant vous… et j'ai, comment dire, un peu … forcé le destin. Je vais vous expliquer. J'ai beaucoup appris, depuis notre petite entourloupe avec la Banque Générale. Vraiment. J'en avais assez de cette attente, donc, voilà, j'ai appelé l'investisseur, tout à l'heure, et je lui ai dit qu'il lui fallait faire très vite, car nous avions une autre société de Capital-risque sur le coup, et prête à rentrer de façon majoritaire dans notre capital. Ce qui signifiait que lui, n'aurait plus sa place… Pour la vraisemblance, je me suis mis en conversation téléphonique à 3 avec un pote qui s'est fait passer pour le Gros Bonnet en question. Vous auriez vu ça, notre pigeon a quasiment hurlé au téléphone : "Non !! J'étais là avant !! Je veux investir, je vais même investir tout de suite !" En fait, « on » lui a fortement conseillé d'investir, et « on » lui a dit que notre projet semblait en valoir la peine ! Vous imaginez ? Même les consultants nous font de la pub ! On a gagné !

C'était une grande, très grande nouvelle.
Comme d'habitude, nos foies allaient trinquer.

CHAPITRE 17

La fête fut rude, à la cosaque.

Le casque pendant trois jours.

Nous fîmes la fortune de l'aubergiste du coin.

Nos voisins n'apprécièrent pas ; il y eut des plaintes : tapage nocturne, dégradations diverses...

Aucun souvenir, à part un lancinant mal de crâne.

Mais, même si nous avions franchi une sacrée étape, il nous restait une belle pelletée de travail.

C'est bien beau, d'être financé, de pouvoir se développer, d'avoir les moyens de transformer l'essai. Encore faut il y arriver.

Ne pas crier victoire trop vite.

Réfréner ses pulsions d'autosatisfaction.

Suivre les bons préceptes de Perrette, adopter le profil bas de l'humble crémier charriant son pot au lait.

Le bilan de ce que nous possédions en propre se résumait à :

- une maquette du site, tout à fait fonctionnelle mais très limitée en puissance, avec des fonctionnalités fantomatiques à tendance poudre aux yeux,

- et quelques contacts, encore embryonnaires, avec des investisseurs institutionnels et quelques groupes de publicité.

Et c'était tout.

En somme, nous avions des sous plein les poches, mais pas encore de site. Et notre ami le G.I. aimerait énormément, dans un délai assez court, obtenir des résultats tangibles. Il fallait le comprendre, le pauvre homme, il avait investi pas loin de 10 millions de francs. Une somme obscène. Car Monsieur n'était pas un mécène, Monsieur était un homme d'affaires.

Après deux jours de repos, durant lesquels je ne cessai de répéter « Ma tête… Ma tête… » en déambulant dans le couloir de mon immeuble, nous repartîmes à l'attaque.

Bertrand et moi avions vendu nos âmes au démon de la technique. Vu ce qui nous attendait, nous n'étions pas trop de deux. Il nous fallait bâtir l'architecture du système ; c'était le passeport pour rentrer dans la cour des grands, pour perdre le label « Petits Mickey » qui nous collait aux basques.

Mine de rien, nous tenions l'avenir de la société entre nos petits doigts potelés. Car si, jusqu'à présent, l'objectif n'avait été que d'en mettre plein la vue – ce qui au demeurant avait plutôt bien marché, mais G.I. était d'une nature impressionnable – il nous fallait maintenant réaliser le VRAI site de la VRAIE société. Finie l'esbroufe, terminées les entourloupes à la petite semaine. Place à la véritable production informatique, place aux professionnels.

Nos utilisateurs finaux – les internautes – étaient capricieux, impatients et volages. De vrais sales gosses. Avec eux, il fallait jouer serré, ne pas les prendre pour des buses et surtout ne pas les faire attendre. Car leur temps était précieux, très précieux. 7 misérables secondes, c'était le temps moyen qu'un internaute était prêt à attendre entre deux pages. Les études de prestigieux cabinets de consulting, au tarif horaire indécent, l'avaient montré. Et cela nous posait des problèmes.

Car ce qui allait assurer des rentrées d'argent, c'était la fréquentation du site : plus de fréquentation égale plus de sous dans la caisse. Nous devions donc attirer le maximum d'utilisateurs. Mais, fatalement ils risquaient de se connecter en même temps, loi des probabilités oblige. Or, les connections multiples et simultanées mangeaient beaucoup de puissance à notre système, résultant en des temps de réponse qui… s'allongeaient.

Moralité : beaucoup d'utilisateurs = beaucoup de rentrées = beaucoup de puissance consommée = des temps de chargement qui augmentent = moins d'utilisateurs = moins de sous.

La parade : une grosse puissance de calcul, un réseau à grand débit, des logiciels rapides.

Dans un premier temps, nous achetâmes 50 ordinateurs d'un coup, qui se partageraient la tâche. Sébastien négocia une confortable remise, et nous pûmes faire livrer les 50 cartons dans nos locaux… A à 0,14 m3 environ par machine (sans écran), on approchait les 7 m3 au total. Une véritable montagne de boîtes. Il nous fallait d'autres locaux, bien plus vastes. En outre, un rapide calcul de la chaleur dégagée par ces 50 machines nous poussa à couper le chauffage dès le printemps et à ouvrir les fenêtres, en prévision. L'été risquait d'être tropical, sous nos latitudes.

Pour faire face au surcroît de travail, nous allions avoir besoin de bras et de têtes supplémentaires. Si, hier, quatre était un bon chiffre, aujourd'hui, il fallait bien être le double. L'activité allait exploser, et nous ne serions pas de trop.

Sébastien, qui organisait les entretiens d'embauche, se retrouvait tout seul : N°4 était devenu vaporeux, depuis quelque temps ; après une période de complète béatitude, il s'était mis à multiplier les coups de fil, bien décidé à en découdre. Il avait du coup pris l'habitude de disparaître, pour aller prospecter. Bien ; cela nous assurerait au moins quelques clients.

Nous trouvâmes vite de nouveaux locaux. Il s'agissait des 2 bureaux contiguës au nôtre, qui se libéraient. Les anciens locataires, eux aussi créateurs de start-up, étaient contraints de mettre la clé sous la porte ; plus scrupuleux ou plus honnêtes que nous, ils n'avaient pas trouvé de financement. 2 fois 20 m² à réunir : une cloison à démonter, et le tour était joué.

Sébastien alignait les entretiens. L'informatique traversait une véritable crise de l'offre. Les entreprises s'arrachaient les candidats. Nous avions pour nous d'être une jeune Start Up avec des moyens ; l'aventure séduisait, et nos bureaux ne désemplissaient pas.

Nous recherchions des gens motivés et prêts à :

- travailler dans une société minuscule, sans comité d'entreprise et sans aucun avantage,

- aligner des journées sans fin, des semaines sans week-end, des mois sans vacances,

- venir la nuit s'il le fallait

Bref, la vie de moine, le couvent, sans aucune garantie d'un retour sur l'investissement personnel.

Malgré tout, nous trouvâmes trois jeunes candidats, qui allaient s'occuper essentiellement de la maintenance et de la production informatique de la société. Pour deux d'entre eux il s'agissait d'une première expérience, le troisième, schéma classique, avait fui une SSII sclérosée.

Et ainsi, la 'mise en production' avançait son petit bonhomme de chemin.

Une fois les machines configurées, nous installâmes tout notre système de recherche. La réponse à la charge était très satisfaisante, et le fait d'ajouter de nouveaux ordinateurs à notre réseau augmentait proportionnellement la capacité du système. Nous étions prêts à les accueillir de pied ferme, tous ces internautes du monde entier.

A la vérité, avec Bertrand, nous étions abasourdis par la qualité du logiciel dont nous disposions. Nous ne l'avions pas programmé ; nous l'avions seulement adapté à nos besoins. Sébastien et Lionel nous l'avaient fourni ; ils n'avaient pas mentionné sa provenance, nous ne l'avions pas demandée. A la réflexion, je n'avais aucune envie de savoir. Ce truc dépassait de beaucoup en puissance tout ce que j'avais pu voir dans ma modeste carrière d'ingénieur. On ne trouvait pas ce genre de chose dans la succursale d'une banque de province. Des grosses têtes avaient dû se pencher là-dessus.

Selon Bertrand, qui avait bidouillé le code, l'origine était louche.

- J'ai bien l'impression qu'il y eu plusieurs sources… certains commentaires sont en anglais, d'autres dans ce qui ressemble à du russe… Chaque module semble avoir été conçu par une équipe différente, et comme un gros patchwork, d'autres ont tout rassemblé. Mais c'est ce que j'ai vu de plus intelligemment écrit depuis… Ben, depuis que je m'intéresse à l'informatique, en fait.

Chacun prit en charge ses nouvelles attributions.

Bertrand semblait métamorphosé dans cette forêt de câbles, fils, connexions, et bidouillages divers qu'était devenue la "Salle de Production", terme pompeux pour désigner le bureau où étaient entassées en vrac les machines. Nous soumettions à la Question tout notre système, pour le tester de façon exhaustive. Bertrand jubilait dans son rôle de Grand Inquisiteur. On traquait les bugs inattendus ; c'est bien connu, personne n'attend jamais l'Inquisition Espagnole.

Le magma dans lequel baignait notre matériel informatique était devenu son écosystème. Je manquai de me fracasser au sol à chaque fois que j'avais une modification à apporter à la topologie réseau, alors que lui évoluait gracieusement et sans accrocs entre deux piles d'unités centrales. Pour notre sécurité à tous, il fut seul habilité à s'y déplacer, le temps que nos jeunes recrues puissent s'y mouvoir avec la même aisance.

N°4 nous faisait l'honneur de sa présence … de temps à autre. Il passait parfois en trombe dans les bureaux, notait nos avancées, rageait à l'évocation de nos problèmes. Je le trouvai décidément très impliqué dans l'avancement du projet. Qui aurait cru que ce personnage à l'allure froide et pince-sans-rire puisse se révéler si émotif et si spontané ?

Sébastien, pendant ce temps, s'acharnait sur le téléphone. Il n'arrêtait pas, ses 2 combinés fixes dans une main, son portable dans l'autre. Les sociétés de marketing direct, les régies publicitaires, tout le monde y passait.

Malgré les apparences, cependant, nous arrivions à garder quelque distance avec notre travail de tous les jours.

Je profitais notamment de l'immense base de connaissances qu'était Internet pour en savoir un peu plus sur cette fameuse 'Société de l'Information' dans laquelle nous pataugions depuis quelque temps.

En fait, il fallait revenir au sens premier, aux définitions de base. L'information, selon les théoriciens, c'est d'abord ce qui donne du sens au signal par lequel il est porté. Optique, sonore, électromagnétique... Qu'importe le flacon, pourvu qu'on ait l'ivresse.

Les siècles récents avaient vu la technique progresser, pour finir par entrer dans les foyers. Le dieu Technologie était devenu tout-puissant. Et il permit à l'homme la transmission du message, c'est à dire de l'information.

Bien vite, des penseurs et hommes de science, tel Claude Shannon, séparèrent le contenu et le contenant. Ils délaissèrent le sens même du message, pour étudier sa transmission, et la conservation de son intégrité dans le temps. Pour eux, les mathématiques modernes furent un outil décisif, indispensable à la modélisation de cette notion.

L'information fut formalisée ; dans une définition très théorique, elle désigna alors « un ou plusieurs événements parmi un ensemble fini d'événements possibles ».

L'information 'optimale', la plus efficace, gâchait le minimum d' «espace», et laissait le moins d'aléa possible. Shannon, toujours lui, pensait qu'il était possible de maximiser le 'rendement' de l'information ; en somme, même en présence de bruit, il lui paraissait plausible de transmettre une information, quelle qu'elle soit, dans le message le moins étendu et le moins coûteux possible. De ses recherches sur ce sujet découlèrent de nombreux principes, régissant des domaines comme l'informatique ou l'électronique.

L'ennemi, dans l'information, c'est le bruit. Le bruit, c'est le chaos, l'absence de sens, de signification, le crachotement suspect dans le téléphone, le parasite sournois dans le poste de télévision.

Tout un chacun en est témoin : pour transmettre un message, il faut dépasser le niveau de bruit ambiant ; si je veux me faire entendre, je dois parler plus fort que ce qui fait du bruit autour de moi . Dans un tuyau, un fil de téléphone, un câble électronique, le problème est le même : il existe un niveau de bruit, qu'on ne peut éviter. La voie d'exploration des chercheurs a alors été de repenser la transmission du message : pour qu'il supporte mieux le bruit, pour qu'il prenne moins de place.

En conclusion :

Premièrement, ce qui est important dans un message, c'est ce qui ne se répète pas et qui relate un événement inconnu : une succession de mots, par exemple.

Deuxièmement, le message doit résister au bruit .

C'est ainsi que l'idée naquit de coder le signal, en utilisant ces petites briques mathématiques que sont le 0 et le 1. Plutôt que d'envoyer un mot, autant envoyer un chiffre, c'est moins coûteux.

Puis la notion de compression du signal apparut : inutile d'envoyer 3 fois le même mot, autant envoyer ce mot, et dire qu'il est répété 3 fois.

De là, l'histoire s'était affolée, et avait vu l'apparition de la « Société de l'Information ».

Société de l'Information parfois opposée à la Société de la Communication ; des notions assez proches, certains chercheurs considérant que la communication structure l'information, et sert à l'échange et à la diffusion des messages. Des querelles de clochers, mais qui démontrent l'intérêt et la maturité de ces idées.

En fait, ce sont leurs applications qui font le plus déchanter.

Car l'Homme a perdu de vue l'essentiel : la qualité du message.

Ainsi, la théorie de l'information sert de nos jours à inonder le monde entier de publicité pour de la lessive, ou à faire la promotion de programmes de télévision ineptes.

La réalité, quoique cynique, nous apprend que l'homme, s'il peut s'élever très haut dans la hiérarchie animale, est aussi capable, sans vergogne, de raser les pâquerettes.

Aussi rafraîchissante qu'elle fut, cette constatation me faisait toujours froid dans le dos.

CHAPITRE 18

Le travail payait.

En quelques semaines, nous avions atteint nos objectifs initiaux pour le développement du site.

Nous avions éliminé de nombreux problèmes structurels.

Nous avions stabilisé le cœur de notre programme.

Nous avions éradiqué des monceaux de bizarreries en tout genre.

Nous avions déplacé des montagnes, à la main.

Les tests de charge en "grandeur nature", avec une trentaine de personnes essayant de faire planter notre machine, s'étaient déroulés à merveille.

Nos premiers succès nous grisaient ; malgré cela, nous avions pris nos précautions : le lancement n'était pas encore officiel, seuls quelques utilisateurs triés sur le volet étaient autorisés à se connecter. Nos amis nous servaient de cobayes. Après tout, ils s'étaient proposés, ils n'étaient pas forcés. Et puis l'amitié exige des sacrifices ; des sacrifices qui nous coûteraient cher en restaurant.

Nous n'avions pas encore diffusés l'adresse de notre site que des internautes inconnus et curieux commençaient déjà à se connecter et à nous faire part de leurs remarques. Leur première impression était bonne. Il faut dire que tout avait été fait pour que la visite du site soit une expérience agréable. Tout d'abord, le processus de connexion était très simple : l'utilisateur fournissait un identifiant, laissé à son imagination, et un mot de passe. Il pouvait dès lors entrer dans le monde fabuleux de... enfin, dans notre monde fabuleux, c'était déjà pas mal.

Nous pouvions « monitorer », comme s'amusent à le dire les anglo-saxons pour se rendre intéressants, les différentes recherches, en temps réel, de nos utilisateurs. Nous avions en outre inclus une nouvelle fonctionnalité : la notation des sites, laissée à notre subjectivité et à celle des utilisateurs. En effet, chaque site répertorié dans le moteur possédait un grand nombre de caractéristiques. Ces caractéristiques nous permettaient de nous faire une opinion sur le site, et donc sur l'utilisateur : la catégorie, "informatif" ou "ludique" par exemple, le domaine qu'il visait, sa fréquentation, mais aussi son degré d'objectivité, voire sa tendance politique, pourquoi pas. La mise à jour de la notation permettait d'affiner le ciblage.

En outre, suprême subtilité - dixit Sébastien -, tous les sites choisis par l'utilisateur se retrouvaient sur une page de « sites préférés ». En fonction de la fréquence de visites, le classement au sein de cette page changeait. Ainsi, l'internaute avait toujours à l'œil les liens plébiscités en premier. Démagogie ? Disons plutôt que nous prenions soin de nos clients...

Et visiblement, le site plaisait. Les nouveaux utilisateurs, une fois ferrés, ne partaient plus. Ils revenaient chaque jour, envoyaient de nouvelles recherches, suggéraient des améliorations, pointaient les quelques coquilles. Ils devenaient accros. Nos robots de recensement des sites voyaient leur connaissance et leur habileté croître avec le temps ; de fait, les réponses que nous apportions gagnaient en précision et en finesse chaque jour.

Les connexions commençaient à nous apporter du contenu, de la matière pour réaliser des tests un peu plus intéressants. Nous allions pouvoir enfin activer notre fameuse "Recherche des Sites Equivalents". Cette fonctionnalité bien ambitieuse allait pouvoir prouver à la face du monde notre savoir-faire. Pour l'expliquer à nos investisseurs, nous utilisions toujours le même exemple.

Prenons un internaute lambda (que nous appellerons Raoul pour la commodité de l'exposé) et qui cherche des sites sur un sujet donné. M. Raoul est un passionné d'automobiles, il cherche donc des articles concernant la voiture de ses rêves. Le problème, c'est qu'elle fait aussi partie des rêves d'une grande partie des internautes masculins. Soit. M. Raoul appuie sur "Rechercher" et se retrouve avec 314 566 pages Web disponibles traitant du même sujet.

Dans le lot de sites, de l'intéressant, de l'inintéressant, du potable, du pitoyable... Bref, beaucoup de déchets. Un problème courant sur Internet où trop d'informations finit par tuer l'information . La quantité utile se dilue chaque jour, à mesure que de nouveaux sites fleurissent. Chercher la bonne information devient un travail de moine.

M. Raoul, lui, aurait préféré que le moteur de recherche commence par lui présenter des sites Web de journaux automobile, puis les sites d'enthousiastes et d'amateurs éclairés. Au lieu de cela, des sites de constructeurs, d'assureurs, de vendeurs de voitures d'occasion...

Ce que nous proposions à M. Raoul, c'était d'apprendre à connaître ses goûts, pour pouvoir lui donner ce qu'il souhaitait. C'était cela, la véritable valeur ajoutée : faire une partie du travail de tri qu'allait devoir effectuer l'internaute. Nos concurrents se contentaient de ramener les pages qui "ressemblaient" à la demande, avec plus ou moins d'intelligence, et parfois bernés par des créateurs de sites rusés et avides d'audience. Avec notre système, les astucieux allaient en être pour leurs frais. Tout cela pour le confort de M. Raoul.

D'un point de vue purement informatique, cela avait été un cauchemar à réaliser : algorithmes titanesques, nécessité de temps de réponses très rapides, et masse d'informations à traiter gigantesque. Les deux premiers points étaient, nous l'espérions, bien maîtrisés ; quant au dernier, une certaine somme d'informations étant nécessaire pour "amorcer la pompe", il nous avait fallu attendre un peu, le temps d'avoir du trafic, et de la matière à traiter. Mais nous avions enfin atteint la masse critique.

En parallèle, le site devenait de plus en plus agréable à regarder et à utiliser. Les premières versions furent d'un goût que mes acolytes avaient jugé "plus que douteux". Imperméabilité absolue à ma vision avant-gardiste de l'illustration numérique. Non, j'avais bien compris, nous faisions un site dédié à une large communauté, il fallait donc être consensuel, et éviter de choquer le grand public. Bertrand m'avoua avoir eu la nausée après être resté une demi-heure devant l'écran d'accueil ; mes « malheureux mélanges de couleurs » et mes bannières clignotantes, d'après lui, étaient trop agressives. Etait-ce ma faute si la nature l'avait doté d'une paire d'yeux déficients ?

Je dus me résoudre à faire appel une fois de plus à Stéphane. Il accourut à notre aide, et recréa rapidement une présentation d'une fadeur exemplaire, mais que mes associés acclamèrent dans l'instant. Les écueils classiques quand on travaille avec des informaticiens incultes : toute tentative artistique personnelle était vouée à l'échec. Manque d'audace, bon goût petit-bourgeois.

Le site ayant repris une apparence passe-partout, nous entreprîmes de réaliser des tests pour découvrir les goûts des utilisateurs. Notre cobaye, Gérald, était un ami de Sébastien très actif sur le site ; nous en avions d'ailleurs conclu qu'il devait travailler dans la fonction publique, pour être à ce point disponible, ses pics d'activité chez nous correspondant précisément à ses heures de travail. Il avait répondu à un petit questionnaire préalable concernant ses habitudes d'internaute ; nous savions ainsi qu'il appréciait les sites créés par des utilisateurs indépendants et passionnés, avec beaucoup de contenu, et avec des opinions personnelles et des mises à jour fréquentes. Son principal centre d'intérêt était le cinéma, et son penchant naturel pour le second degré lui faisait adorer les séries B. L'aspect graphique des pages lui était totalement indifférent. Il évitait en revanche comme la peste les gros sites institutionnels, ou tout ce qu'Internet pouvait receler de mercantile. Visiblement libre penseur, avec un très net dégoût de la publicité. Retors et appréciant Internet comme ce qu'il fut à ses premiers balbutiements : un vecteur de connaissances, libre et gratuit. La cible parfaite pour nos tests.

Nous avions pour ambition que notre moteur aille jusqu'à trouver des sites du même avis que lui et en accord avec ses goûts. Les manipulations que notre cobaye allait effectuer au cours du temps sur le site devaient donner suffisamment de substance au programme pour définir son profil.

Il se connecta à l'heure dite. Nous voulions suivre ses pérégrinations en direct ; Bertrand, par une option spéciale, se connecta sur son compte, ce qui nous permettait de suivre à la trace ses recherches, aux seules fins du test bien entendu.

Nous commençâmes par lui demander d'effectuer une recherche sur un chef d'œuvre de la série B des années 80 : Prince of Darkness, de John Carpenter, véritable film culte pour une poignée d'irréductibles fans.

Gérald devait effectuer une recherche uniquement sur le nom du film. Un moteur de recherche normalement constitué allait commencer par ramener les sites commerciaux vendant des copies du film sur cassette, éventuellement le site de la maison de production, ou du réalisateur lui-même, et, bien après, les éventuels sites de fans.

Ces fameux sites de fans, nous les avions listés, et nous avions effectué un classement tout personnel, en fonction de leur intérêt et des goûts de notre cobaye. Nous savions ce que Gérald plébisciterait. Ce que nous voulions, c'était que notre site le devine. En parallèle, nous exécutions les mêmes requêtes sur des sites de recherche concurrents, pour voir comment les autres réagissaient.

Nous vîmes s'afficher la requête à l'écran. Les réponses de nos différents concurrents arrivèrent quasiment en même temps.

Le plus sérieux commençait par lister 6 sites de ventes en ligne de vidéo et de livres, puis des sites de magazines de cinéma. Les 10 premières réponses étaient hors-sujet pour Gérald. A partir de la 2ème page de recherche, on se rapprochait de se qu'il cherchait vraiment ; les sites au cœur de la cible se retrouvaient en 3ème page.

Notre site, en revanche, avait quasiment mis dans le mille dès le premier coup. Parmi les 4 premières réponses, on retrouvait surtout des sites d'internautes enthousiastes. Le 5ème site était celui d'une société de vente en ligne, mais sur lequel le visiteur pouvait lire de nombreuses critiques du film réalisées par des internautes. Toutes les réponses les plus intéressantes étaient concentrées sur la 1ère page ; à partir de la 3ème, les liens n'avaient quasiment plus d'intérêt pour Gérald. Dans les 10 premiers sites affichés, 7 correspondaient à notre top 10, dans un ordre légèrement différent.

Nous étions très impressionnés.

A la vérité, je n'en croyais pas mes yeux, et Bertrand non plus.

Et notre programme ne savait encore quasiment rien de Gérald : qu'est ce que ce serait dans 6 mois ?

La première partie du contrat semblait remplie. Mais pour en être sûr, il fallait multiplier les tests.

Ainsi Gérald, assez peu stressé par les contingences de son emploi, testa une dizaine de recherches différentes pour nous. Le moteur se trompait peu, et surtout de moins en moins. A chaque fois, les résultats étaient pertinents. Au pire, les résultats n'étaient qu' intéressants, mais jamais à côté de la plaque.

Ce qui était vraiment troublant, c'était de sentir le site acquérir des connaissances, vivre pour ainsi dire. La constatation me mit mal à l'aise, et troubla Bertrand. Les réponses étaient de plus en plus précises, nous avions de moins en moins de mauvais résultats, et l'évolution était constatable à l'œil nu. Il semblait intelligent, bien que le terme fut depuis longtemps galvaudé. Il était capable de s'adapter et de comprendre ce qu'on attendait de lui. J'avais sous les yeux un code vivant, se métamorphosant, singeant le comportement ou les goûts d'un internaute. Bertrand réalisait lui aussi. Il prenait conscience du potentiel que nous avions entre les mains, et semblait perplexe. Si j'étais de plus en plus enthousiaste, lui ne cachait pas son appréhension.

- Tu te rends compte, de ce que peut faire ce machin ?

- Ouais, incroyable. Je parie que dans la version 2, on aura même plus à taper les critères de recherche, c'est lui qui les devinera à la façon de bouger la souris ou de cligner les paupières. Démentiel…

Il sembla soudain sérieux, et me prit à part.

- Arrête de faire l'abruti, s'il te plaît. Tu imagines qu'il est capable de savoir ce qui me plaît, à partir d'une liste ? Je me connecte, je l'utilise trois semaines ou un mois, pendant ce temps, lui il enregistre ce que je fais, puis est capable de comprendre ce que j'aime comme ce que je déteste ? Pourquoi pas mes affinités politiques, tant qu'on y est ? C'est terrifiant.

Cela m'amusait. Car ce qui était surtout terrifiant, c'était la montagne de revenus qu'allait générer la vente de publicité sur notre site. Tout le monde voudrait y être. Nous allions pouvoir proposer le meilleur système de suivi marketing existant à ce jour : un véritable assistant intelligent capable de savoir si une annonce allait fonctionner, si une marque avait sa chance auprès des internautes. Les publicitaires allaient nous faire un pont d'or pour ce qu'on allait leur proposer : des taux de pénétration faramineux, très peu de pertes ou d'invendus. Voilà ce que nous pouvions garantir. Nous allions être riches à millions, avec ce système. Et Bertrand qui avait l'air de s'inquiéter. Impressionnable comme une midinette. Nous allions bientôt être les nouveaux Midas.

CHAPITRE 19

La pression, avec un grand P, était sur nos épaules.

Depuis quelques jours, rien n'allait plus. G.I. semblait être sorti de sa léthargie. Le silence radio n'avait pas duré longtemps. Il avait commencé une opération de pilonnage massif de nos lignes téléphoniques. C'est que le bon monsieur nous avait largement ouvert sa bourse, et avait une furieuse envie de voir les premiers résultats, le premier « retour sur investissement ». Les divers rapports que publiaient régulièrement les médias quant à la santé d'Internet faisaient monter sa température en flèche. Il était à bout, il fallait qu'il se défoule sur quelqu'un. Sur nous, en l'occurrence.

Car la radio, la télé et les journaux faisaient leurs gorges chaudes du déclin du secteur. Ceux qui furent portés aux nues étaient désormais voués aux gémonies. Les reportages "people" sur ces jeunes multimillionnaires qui créaient leur société entre deux parties de baby-foot avaient fait place à des émissions analysant leur chute, montrant combien ils étaient inconscients et immatures et disséquant la crise de confiance que traversait Internet.

Au moins, les médias avaient leurs sujets. Avec une incroyable mauvaise foi et une hypocrisie sans borne, les spécialistes qui hier encensaient la Nouvelle Economie révélaient aujourd'hui que, bien sûr, ils l'avaient prévu, ils l'avaient dit, c'était évident, voyons, cette bulle spéculative, il fallait bien qu'elle éclate un jour. Si on les avait écoutés… L'ironie de la situation était de servir une fois de plus de gagne pain à des journalistes en mal d'inspiration.

Enfin, l'analyse générale montrait la même chose qu'au temps de la ruée vers l'or : ceux qui s'étaient enrichis étaient les vendeurs de pelle, c'est à dire, dans le cas présent, tous ceux qui avaient vendu à prix d'or des études de marché, des conseils en tout genre ou des livres reliés sur papier glacé pour révéler les secrets de la fortune dans le Net.

Cela ne nous concernait pas. Nous avions évité Charybde et nous étions en passe de doubler Scylla. Nous étions là et bien là, et nous ne voulions surtout pas que G.I., dans cette atmosphère alarmiste, s'affole et fasse tout échouer si près du but. Le site commençait à prendre vie, l'activité s'intensifiait, nos projets se concrétisaient enfin. Ce n'était pas le moment pour une crise existentielle avec notre financier principal, préféré et unique.

Sébastien était en première ligne. Gardien de but en chef. Il avait fort à faire pour contenir ses doutes et ses craintes, et pour lui insuffler, comme il savait d'habitude si bien le faire, son merveilleux optimisme. Un nouveau conseiller l'avait exhorté à se méfier d'Internet, et lui avait dit qu'il était temps de liquider tous ses investissements dans ce secteur, pour éviter de sombrer comme tant d'autres. Bien sûr, G.I., girouette entre les girouettes, l'écouta. On ne pouvait pas le lui reprocher : s'il n'avait pas été de nature si crédule, nous n'aurions jamais pu lui soutirer tant d'argent. Cela, à présent, se retournait contre nous. D'un point de vue biblique, il devait y avoir une signification profonde, comme un juste retour des choses.

Mais entre temps il usait les patiences. Nous prenions le combiné à tour de rôle. Nous travestissions nos voix.

Accent franc-comtois.

- Ah non, désolé, mauvais numéro…

Voix désagréable d'un opérateur.

- Bonjour monsieur, non, leur téléphone est en dérangement…

Intonation d'hôtesse de l'air.

- Oui, c'est leur secrétaire à l'appareil, ils sont absents en ce moment, ils sont partis voir un très très gros client, de stature internationale, puis-je prendre un message ?

Toutes les ruses étaient bonnes. Nous prétextions les erreurs de transfert sur nos téléphones, ou d'obscurs réaménagements de nos bureaux. Nous coupions court. Il nous rendait fous.

Et le pire, dans l'histoire, c'est que notre ami N°4, dont nous aurions bien eu besoin à ce moment, était de plus en plus parcimonieux dans ses visites. Avec un peu de chance, on le voyait deux fois par semaine, et encore fallait-il être prompt, car il passait en coup de vent, juste pour récupérer du courrier et ses messages. Mais que faisait-il ? Avait-il une autre activité ailleurs ? Ce n'était pas le moment de trouver un nouveau job, on avait assez à faire ici.

Quand je le questionnais, Sébastien restait évasif.

- Oui, il démarche, il n'arrête pas même, bon écoute, j'ai du boulot.

Et son démarchage, ça donnait quoi ? Il ne faisait jamais aucun compte-rendu. Le site marchait du tonnerre, il supportait à merveille la charge de milliers d'internautes (nous l'avions simulée), il était donc prêt à recevoir le grand public à bras ouverts. Et je ne voyais pas l'ombre d'une campagne de pub pharaonique, de clients nous baisant les pieds pour que nous devenions leur fournisseur attitré, ou de publicitaires nous auréolant de gloire. Au vu des résultats préliminaires et des absences répétées de notre acolyte, c'était pour le moins étonnant.

Sébastien, une fois de plus, fit l'occupé.

- Mais oui, les contrats sont en cours avec les partenaires ; oui, les régies publicitaires sont au courant, mais tu sais, ce n'est pas si facile que ça, de décrocher un contrat ; Internet va mal, les gens ont moins d'argent à investir et la publicité en ligne ne fait plus recette. Seuls les gros tirent leur épingle du jeu, que veux-tu que je te dise.

- Ben, je ne sais pas, aller frapper aux portes, peut être, appeler les gens, dire à Lionel, si jamais on le revoit passer un jour, un véritable ectoplasme celui-là, qu'il nous siérait qu'il prenne son rôle au sérieux et qu'il nous aide à sortir de l'anonymat ; il pourrait, exemple fortuit, appeler des attachés de presse, prendre contact avec des sites pour y faire notre propre publicité... je ne sais pas moi, des trucs comme ça.

- Et bien, si tu sais tout ce qu'il y a à faire, tu n'as qu'à t'y mettre, non ?

Voilà qu'il devenait désagréable, lui si affable d'habitude. Et moi qui pensais qu'une fois financés nous allions enfin connaître la belle vie ; nous étions repartis dans une période de marasme. Quand cela s'arrêterait-il ?

Bertrand, pendant ce temps, était de plus en plus bizarre. Autant il avait arboré un calme olympien, de façade bien sûr, lors de notre pénible attente, autant à présent il montrait des signes évidents de fébrilité. Il était plongé dans ses programmes, quasiment nuit et jour. Je n'arrivais plus à communiquer avec lui. Il se bornait à me répéter sans arrêt qu'il avait "quelque chose à vérifier, trois fois rien, mais je veux en avoir le cœur net".

Tout le monde devenait fou.

Nous sombrions dans la démence.

N°4 passa un matin. J'étais arrivé tôt (8h30, limite absolue de mes efforts contre le sommeil), et je le trouvai au téléphone dans notre bureau. Il eut l'air un instant affolé, tenta de cacher sa surprise, et raccrocha précipitamment.

- Alors, comment ça va, Lionel ? Tu arrives bien tôt, dis moi ?

- Heu, oui, j'avais des dossiers à vérifier... Tu sais, pour les régies publicitaires et le marketing direct, ces trucs là...

Il semblait mal à l'aise. Moi, perfide :

- Et où en est-on, pour la pub ?

- Et bien, ça avance, laisse leur le temps, tu sais, le marché de la pub en ligne s'est pas mal effondré, il faut y aller lentement, qu'ils aient confiance en nous, avant de pouvoir signer quoi que ce soit. Nous y arriverons, mais ça prendra du temps. Maintenant, ce qui compte, c'est de durer, c'est ça qui est important...

Il parut plongé dans ses pensées, un instant, puis se ressaisit, et me ressortit le même discours que Sébastien. Du fadasse, du réchauffé. Puis il se replongea dans sa « stratégie de démarchage ». Nous passâmes la matinée silencieux, sans événement notable.

Vers 11h30, il boucla rapidement sa serviette. Il avait l'air pressé. Sébastien lui jetait des regards en biais, sans arrêt. Bertrand aussi. Il partit dans la foulée, prétextant un rendez vous urgent. A mon grand regret, je ne sus s'il mentait ou non.

Bertrand vint me voir juste après son départ. Il était sombre, dans une très belle composition de conspirateur russe ayant décidé d'occire le tsar. Il m'offrit même un café : je compris à ce moment là que ce qu'il avait à me dire était d'une extrême gravité.

Il commença par des banalités, parlait de tout et de rien, tournait autour du pot.

Je l'arrêtai.

- Vas y, crache le morceau.

Il n'avait pas l'air à l'aise. Il jetait des petits coups d'œil furtifs, autour de lui, comme si il se méfiait de tout, comme dans un film d'espionnage. Moi, j'affectionnais ce genre de mauvais films ; j'aimais particulièrement la tête des méchants, toujours reconnaissables à leur petite moustache, leur air fourbe, ou leur accent louche… J'étais glabre, il ne craignait rien.

- Il se passe des choses curieuses.

On était vraiment en plein film. OSS 117 allait surgir de derrière un rideau, la placard devait être plein de sales types avec des mitraillettes en plastique.

- Heu, pardon ?

Ton du type qui ne sait pas trop comment conseiller à son ami d'aller d'urgence voir un spécialiste des troubles neurologiques, rayon schizophrénie.

- Des choses vraiment curieuses.

Nous vîmes passer Sébastien non loin de la machine à café : son rendez-vous de midi, sans doute.

- Viens.

Le ton était péremptoire, je suivis Bertrand. Il m'amena dans notre salle machine, que nous avions rebaptisée officieusement "le dépotoir", rapport à la masse compacte et gluante de papiers d'emballages de sucreries qui s'accumulaient contre le mur nord ouest, trace des longues nuits de veille au chevet du serveur. La salle était vide, nos employés étaient parti marchander chez les vendeurs du 12ème arrondissement des extensions mémoires à bas prix. Ca leur faisait une petite sortie ; ils commençaient lentement à pâlir avec les horaires d'esclaves que nous leur imposions. Mais après tout, ils étaient jeunes, pleins d'allant, ils gâchaient certes un peu leur existence, mais ils étaient consentants. C'était bien là l'essentiel.

Bertrand s'assit au pupitre du serveur de données. Il tapota sur le clavier, sans un mot. Il se pinçait les lèvres.

Il finalisa une requête, qu'il exécuta. Les résultats s'affichèrent à l'écran.

- Regarde ça.

Quoi ? Oui, d'accord, très intéressant, mais je ne voyais pas bien où il voulait en venir.

- Oui, c'est bien… Qu'est-ce que je suis censé voir ?

Il me regarda avec mépris. A son air, je ne semblais même pas digne de souiller, par petit tas fumants, l'asphalte lisse d'un trottoir parisien.

- Regarde mieux.

Bon, je scrutai, j'écarquillai, je risquai le décollement de rétine, à force.

- Hé, mais… C'est quoi ce truc ?

Il y avait du bizarre, en effet, dans ce que je lisais.

Bertrand consentit à expliquer.

- Oui, j'ai constaté ça ce matin. Ce que ces chiffres veulent dire, c'est que quelqu'un a fait des extractions de données dans la base. En résumé, soyons parfaitement clairs, ça veut dire que quelqu'un dans cette société a récupéré des données provenant des internautes, et en a fait je ne sais quoi, sans qu'on n'en sache rien. Or, a priori, ces données sont protégées, entre autre parce qu'elles sont confidentielles.

Oups. Ce n'était pas moi, ça j'en étais sûr. Bertrand non plus, deux de moins. Nos trois employés n'avaient pas le mot de passe pour accéder à la base principale.

- Pour quelle raison quelqu'un aurait-il fait ça ?

Nous n'en avions pas la moindre idée. A quoi cela pouvait bien servir ? Ce mystérieux voleur les avait-il récupérées pour les présenter à une régie ou à un client ? Dans quel intérêt ?

Au tout début, nous avions édicté une règle : s'il y avait des données à récupérer, les demandes passaient forcément par nous deux. Nous étions, en principe, les seuls à connaître les codes d'accès au saint des saints. Ca ne collait pas.

- Les serrures ?

La porte n'avait rien. Si un cambrioleur, si mal intentionné qu'il fut, avait pénétré ici, il devait avoir une clé, il savait comment accéder à nos sources de données et il savait quelles données récupérer. Très bien informé, en quelque sorte. Trop bien, en fait.

- Attends, ce n'est pas tout.

Il m'intéressait de plus en plus. Il y avait du louche, en effet. "Du rififi chez www.gargooye.com" : ça sonnait pas mal comme titre de roman de gare.

Il fit un certain nombre de manipulations, pénétra sur une console que je n'avais jamais vue, et s'introduisit dans un répertoire du serveur, assez curieux à première vue.

- J'ai mis du temps à le trouver, celui là. Il était bien caché. Il y a même une erreur dans le système de gestion des fichiers pour ne pas qu'on le voit. En clair, pour des yeux normalement constitués, il est invisible. Furtif. Moi, j'ai mis mes petites lunettes à rayon X, et le tour était joué.

Quel artiste. Si j'avais eu une petite pièce, je la lui aurais volontiers offerte.

Il lista le contenu du répertoire. Un seul programme y figurait. Aucun autre fichier, pas d'explication, rien.

- C'est quoi, ça ?

Il haussa les épaules.

- C'est là mon problème. Je n'en ai aucune idée. Ce truc est volumineux, il a été utilisé à peu près à l'heure où les extractions de fichiers ont été opérées. Quant à son fonctionnement ou son utilité... J'ai essayé de le lancer, il me demande un code d'entrée. Il doit y avoir des fonctionnalités, mais je ne sais pas lesquelles.

Pragmatique, j'essayais de minimiser le problème.

- Mais pourtant, ce programme existe depuis qu'on a installé le moteur de recherche, non ? Qu'est ce qu'il a de louche ? Si il était présent dès le début, c'est peut être juste un bout d'application en plus, qui ne sert à rien, et qu'on n'aura pas vu, rien de plus.

- Il a été installé voilà deux jours, c'est ça qui est louche.

Alors là, j'étais sec. A quoi pouvait bien servir ce truc ? Bertrand devint grave. Il se tourna vers moi.

- Ecoute, j'ai à peu près confiance en toi, il ne faut pas en parler aux autres. C'est notre secret, d'accord ? Je ne tiens pas à ce que Lionel ou Sébastien apprenne cette découverte.

Il transpirait. Ma parole, mais c'est qu'il devenait complètement parano ! J'approuvai silencieusement. Ne jamais contrarier les dingues. Parfois, dire un petit truc anodin était suffisant, ils pouvaient sortir un couteau de boucher et adieu Berthe.

D'accord, son histoire était troublante, mais il ne fallait pas dramatiser, tout de même !

Nous nous séparâmes, il repartit au travail, et moi dans mes pénates.

J'y repensai. Il avait l'air fiévreux et il m'avait raconté des choses qui n'avaient rien de très cohérent. J'imputais son trouble sur le compte du surmenage. Après tout, nous étions sous pression depuis déjà des mois, sans vacances, sans repos, sans décompresser. Les jours derniers n'avaient pas été faciles, le stress que nous pensions disparu nous était revenu, effet boomerang, en pleine figure. Et forcément, avec tout ça, Bertrand craquait. Je lui avais conseillé de se mettre au vert, pendant le week-end. Il m'avait regardé en fronçant les sourcils, avait marmonné un truc inintelligible et m'avait planté là.

Moi, c'était décidé, j'allais prendre incessamment quatre ou cinq jours de vacances. Après tout, la partie technique fonctionnait à merveille, je pouvais m'absenter, j'en avais bien le droit. Sinon, je risquais de finir comme Bertrand.

Je laissai un message à Sandra sur son répondeur, avant de partir :

- J'en ai marre, trop de boulot, ça commence à me taper sur le système. J'ai l'impression de devenir parano et con. Je vais prendre quelques jours de vacances, j'espère que ça ira mieux en rentrant. J'en ai vraiment assez, je suis au bout du rouleau.

CHAPITRE 20

J'avais craqué.

Je m'étais offert une semaine de vacances à la montagne, sur un coup de tête.

J'avais laissé un petit papier explicatif sur le bureau de Sébastien : mes petits camarades prendraient ma désaffection comme ils le voudraient. Abandon de poste pour certains, interruption nécessaire pour les autres, peu m'importait.

J'avais décidé de m'isoler pendant quelques jours. Mon téléphone portable, par un concours de circonstances inespéré, ne captait pas dans ces hauteurs alpines (j'aurais sinon prétexté une soudaine panne de batterie pour être tranquille). Les ondes hertziennes, manifestement, prenaient leur temps pour passer les cols. Et puis, j'avais oublié de laisser une adresse. Je n'avais donc aucun risque d'être découvert. Cela leur ferait le plus grand bien de ne pas me voir, j'en étais sûr.

Farniente, promenades digestives, randonnées pédestres, gueuletons d'anthologie… J'expérimentais les richesses de la montagne, et la plupart de ses spécialités gastronomiques, tout en évitant soigneusement les sports d'altitude : trop fatigants et trop dangereux, lorsque le simple fait d'utiliser un escalator mécanique me donnait déjà des sueurs froides.

J'étais tout seul, loin de tout, dans ce désert de pierres et d'herbe : un bon moyen de laisser libre cours à mes réflexions. En fait, c'est le spectacle de Bertrand, en proie à sa paranoïa, qui m'avait décidé. Ici, la vie ronronnait, tranquille.

Seulement, les vacances, soit, mais pas trop longtemps. Ma vie de fou commençait déjà à me manquer. Loin de l'agitation des villes, ma cervelle ramollissait, mes réflexes s'émoussaient, je sombrais lentement dans un état de béatitude qui ne me ressemblait pas.

En fait, je terminai avec peine la semaine, puis décidai de repartir illico respirer le mazout urbain, et revoir la couleur du macadam. En tout cas, mission accomplie : j'avais les idées claires, et suffisamment d'énergie pour en découdre avec tous les Gentils Investisseurs de la planète.

J'arrivai chez moi tard dans la soirée, après 800 kilomètres d'une route longue et soporifique. L'autoroute manque de distractions pour le parisien moyen ; si seulement il y avait des piétons ou des vélos à éviter, les automobilistes serait moins sujet à la somnolence.

Le courrier s'accumulait en un tas compact dans ma boîte aux lettres. Prospectus publicitaire vantant les mérites du club de sport du coin, facture, tract pour le restaurant indien d'à côté, facture, facture, courrier des impôts… Les contacts épistolaires que j'entretenais avec le monde extérieur étaient bien ternes : ils se résumaient à une communication unilatérale avec un pôle d'individus constitué de fiscalistes, de publicitaires et de comptables.

Une carte de Sandra, perdue entre deux prospectus, sortait du lot. Elle était partie à Amsterdam durant le week-end, et voulait marquer le coup ; peut-être bien aussi enterrer la hache de guerre. Depuis ma déplorable prestation à sa soirée, je ne l'avais pas revue. Il était temps pour moi de me socialiser à nouveau. « Get a life ! »

La diode verte du répondeur me saluait de son petit clignotement : "Lis-moi, lis-moi, lis-moi…". J'avais des relations complices avec ce tas de plastique : il représentait pour moi une gare de triage, un rempart contre les attaques de mes contemporains homo-communicatis.

Les 3 premiers messages me promettaient monts et merveilles si je souscrivais un abonnement à un magazine sans aucun intérêt. Le 4ème message était de Bertrand, dans un style laconique et angoissé. Il ne me disait rien de spécial. Je pensai que ce n'était pas très grave, nous devions nous voir le lendemain.

Puis vint le tour du courrier électronique. De même que dans les boîtes aux lettres de la "vraie vie", le monde virtuel regorge de prospectus publicitaires. Il est si facile sur le Web de créer de la publicité que tout le monde s'y met, multipliant d'autant la masse de messages, diluant d'autant l'information.

L'ordinateur s'alluma.

Bing : "you have 56 new messages". Mais comment faisaient les gens du marketing pour trouver autant d'adresses électroniques ? La mienne, je la gardais pourtant jalousement cachée, ne l'utilisant que pour ce que je jugeais en valoir la peine. C'était visiblement déjà trop.

Je devais avoir une douzaine de messages d'officine de fonte rapide de cellulite, mais j'avais aussi du courrier de Bertrand, 7 messages exactement. Le premier avait été envoyé en début de semaine, le dernier était arrivé ce jour à 23 heures. Visiblement il y détaillait ses derniers travaux.

Premier message, lundi 14h28 :

" Salut,

Je voulais te dire que je continue à bosser sur le programme bizarre qu'on a vu l'autre jour. Je fais ça en catimini, mais personne ne me pose de questions. Excuse-moi, pour la dernière fois, j'étais vraiment nerveux, je disais un peu n'importe quoi. Je crois que j'ai besoin de vacances…

Ce programme, en tout cas, m'impressionne. Je ne sais pas comment dire, ça m'a l'air d'être un gros truc… Je fais des tests.

Je te tiens au courant,

Bertrand "

Deuxième message, mardi 13h45 :

" Salut,

J'y ai passé toute la nuit, je suis défoncé, mais j'ai réussi à craquer le code d'accès du programme, le 1er code, tu sais, celui qu'il nous demandait au début. Oui, je sais, très fort, merci. J'ai commencé par la méthode de brute : j'ai connecté une base de données de mots provenant d'un dictionnaire et j'ai tout envoyé. Ca a mouliné pendant une bonne heure, sans résultat. Le type qui a mis le mot de passe est un peu plus malin que la moyenne. Tant mieux, ça me stimule. Qu'à cela ne tienne, j'ai bidouillé pendant des heures et des heures… Toujours rien. En plus, ce foutu programme est une vraie patate, il répond comme un vieux caoutchouc moisi, il lui faut un temps fou avant d'être prêt à recevoir un nouveau mot de passe. Tout ça pour dire que ça a pris un temps considérable et que ça m'a passablement énervé.

A priori, c'était cuit. Mais c'est mal me connaître. Je ne suis pas du genre à me laisser mater par un pauvre petit programme ridicule.

Si le mot de passe avait été trop long, il aurait été compliqué à retenir. Celui qui l'avait mis avait peut être un moyen mnémotechnique pour s'en souvenir ; soit sur lui, dans un carnet, un répertoire, soit c'était quelque chose dans la pièce, quelque chose de visuel. J'ai alors essayé avec ton nom, celui de Sébastien, de Lionel, de nos trois jeunes recrues, sans succès. Il fallait trouver autre chose. L'inspiration.

Tu sais, dans la pièce, on a un gros concentrateur de réseau, pour relier tous les ordinateurs. La marque et le modèle sont écrits en gros, et sont facilement visibles depuis le bureau sur lequel est la console du serveur. J'ai eu l'illumination : j'ai tapé ce nom, avec le modèle et le numéro de série, à l'endroit, à l'envers, avec une lettre sur deux en majuscule, bref, pas mal de combinaisons différentes… Et ça a marché !! Au bout d'une demi heure, j'ai trouvé le mot de passe : la marque + le modèle + le n° de série, écrits à l'envers. Pas plus compliqué que ça. Un vrai charlot, le type qui a mis ça. Trop facile.

Le problème, c'est qu'une fois que j'ai eu tapé ce code, je suis arrivé sur un écran noir, avec un curseur clignotant. Blink blink.

Pas de mode d'emploi, pas de commande help, pas de menu déroulant : un bête écran tout vide, et un curseur complètement idiot, qui me nargue.

Saleté de tas de ferraille, je t'aurai.

Je vais me coucher, ras le bol.

Bertrand"

Troisième message, mercredi 12h :

" Salut,

J'ai dormi comme une masse jusqu'à 22h hier soir, et je suis retourné au charbon sur ce programme. A chaque fois, je fais bien attention de dissimuler les traces de mon passage, les mails que je t'envoie partent d'un compte anonyme, et j'efface toutes les preuves de mon incursion dans le système. Je sais ce que tu vas dire, tu es parano et gnia gnia gnia. Peu importe, j'assume.

M'enfin, cette nuit n'aura pas été aussi concluante que la précédente. J'ai les yeux rougis par l'écran, mais je n'ai pas eu de résultats probants. Cet abruti de curseur m'a méprisé toute la nuit. J'avais beau taper des commandes, tout ce qui me passait par la tête, rien à faire, ça ne réagissait pas plus qu'un plat de flan nature. J'ai eu plusieurs fois envie de massacrer l'écran à coups de pompe, mais bon, la discrétion avant tout. Pas de traces, surtout pas de traces.

Je me trouve face à quelque chose qui parle une langue qui m'est totalement inconnue, et ce truc n'a absolument pas envie de me dire ce qu'il veut. Va falloir que je trouve moi même. Je sens que je vais y passer mes nuits.

Bon, j'y retourne,

Bertrand "

Quatrième message, jeudi 01h45 :

" Je crois qu'il se doute d'un truc. Lionel m'a regardé bizarrement, tout à l'heure, avec son sale petit sourire. Je suis certain qu'il sait. Peut être qu'il m'a vu bidouiller la machine, peut être qu'il est resté dehors et qu'il m'a vu sortir tard. Non, contrairement à ce que tu crois, je ne suis pas parano, mais il me fout un peu les jetons.

Sinon, je crois que je suis relativement génial, en toute modestie bien entendu. Je l'ai percé à jour, ce foutu programme. Et là, le curseur, il faisait moins le fier, il ne clignotait plus comme un abruti, il me montrait enfin le respect qui m'est dû.

J'ai choisi la méthode de brute, une fois de plus : j'ai analysé les chaînes de caractères reconnues par le programme, avec un petit outil. J'ai obtenu une liste de mots abscons, que j'ai essayés un à un. Il a fallu trouver les paramètres, avec toujours ce foutu curseur qui fait blink blink. Bref.

Je l'ai maté, je crois. J'ai trouvé son vocabulaire, maintenant je peux lui causer. Tu ne vas pas en croire tes yeux.

Ouais, je sais, parano, blabla, mais je vais te dire ce que j'ai trouvé pour l'instant : ce programme se connecte à une base de données distante. Oui, toi, la technique, tu n'es pas très bon, je vais traduire : il va chercher quelque part sur la planète un ordinateur, il se connecte dessus et récupère des données de cette machine.

Quelles données ? Où est cette mystérieuse machine ? Tu ne veux pas 100 balles, non plus ? A priori, en fait, je ne sais pas, mais je suppute. A mon avis, le programme prend des données extérieures et fait des croisements avec ce qu'on possède, je ne vois pas ce qu'il pourrait faire d'autre.

Prenons M. Schmurk : ce bonhomme se connecte chez nous, on en connaît des choses, sur lui, et je te parie que ce programme va chercher quelque part tout les renseignements disponibles sur M. Schmurk, pour obtenir un portrait hyper précis du gars. Ce n'est qu'une supposition, et j'espère qu'elle est fausse, sinon… je te laisse juge de ce qu'il est possible de faire avec ça. C'est effrayant.

Je vais vraiment faire attention, ce soir, quand je rentrerai chez moi. Comme un idiot, j'ai laissé la lumière dans la pièce, tout le voisinage est au courant qu'un type est dans le bureau à 1h du matin passé. Il faut que je fasse gaffe.

Bertrand "

Cinquième message, jeudi 9h10 :

" Je n'aime pas trop ça. Ce matin, je suis sûr qu'un type m'a suivi depuis chez moi jusqu'au boulot. Il me regardait avec un drôle de sourire. C'est ça, tu vas me dire, il y a plein de sociétés là où on travaille, c'est normal que des gens descendent au même arrêt de bus. Mais moi, je le sens, il me suivait.

Je n'ai pas eu l'occasion de travailler longtemps sur notre… petit problème, nos employés sont arrivés assez tôt. C'est marrant, ça ne leur ressemble pas. Curieux.

En fait, j'ai cherché l'endroit où se connectait le programme. J'ai trouvé en utilisant un truc pour "écouter" le réseau, les provenances et les destinations des messages. Visiblement, c'est une espèce de serveur, situé en France, à Paris d'après le nom des nœuds du réseau, en tout cas pas très loin de chez nous. C'est un truc très protégé, apparemment. J'ai commencé par essayer de me connecter, mais j'ai vite arrêté : s'il est bien protégé, ils doivent pouvoir localiser assez vite qui les appelle.

Mais j'ai trouvé une ruse : je suis passé par un serveur d'une université, j'ai des potes là bas, et j'ai essayé à nouveau de me connecter, en passant par ce biais. Je me suis fait jeter à toute vitesse. J'ai alors effacé toutes mes traces dans le serveur de la fac'. Tu vas encore me traiter de fou, mais écoute ça : ils ont appelé le type responsable de l'informatique, dans l'université, pour lui demander qui s'était connecté, j'ai appris ça par un ami. Tu imagines, je me connecte, et une demi heure après, ils appellent ? Qui ça, ils ? Comment veux tu que le sache ? Tu commences à m'énerver, à ne jamais me croire ! Ils n'ont pas dit qui ils étaient, bien sûr, juste que quelqu'un avait essayé de s'introduire illégalement sur leur réseau. Tu parles ! Je n'ai rien fait d'autre que de me connecter, je n'ai rien tenté d'illégal.

Et Lionel, aujourd'hui, arborait encore ce petit sourire malsain. Je vais me le faire, si ça continue. Mais peut-être que le type du bus, ce matin, est à ses ordres. Va falloir que j'aille dormir ailleurs que chez moi je crois ce soir. Peut-être à l'hôtel. Et nos employés, au fait, tu sais d'où ils viennent ? C'est toi qui les a engagés, non ? Tu as confiance en eux ?

Dire que je te confie tout ça. Je joue le tout pour le tout, je suis taré. Ne me laisse pas tomber, j'espère ne pas me tromper.

Bertrand "

Sixième message, vendredi 02h30 :
" Ce soir, j'ai eu peur.

Je faisais semblant de bosser sur un truc très important, les employés sont partis vers 19h. Quand ils sont partis, Lionel est arrivé. Il a fermé la porte. Il avait ce sale air de faux jeton, comme d'habitude. J'aurais voulu le balancer par la fenêtre. Il s'est approché. J'ai cru qu'il avait un truc dans sa poche, enfin, je crois. Je me suis dit que ça allait être la confrontation. L'agrafeuse n'était pas loin, je pouvais la prendre dans la main et un bon coup sur la tête, il serait tombé en moins de deux.

Il a commencé à me parler. J'ai failli lui crier à la figure, je deviens trop nerveux, il faut que je me calme. C'est ce qu'il m'a dit, cet abruti : "En ce moment, tu as l'air fatigué, nerveux. Tu ne veux pas te reposer un peu, quelques jours ? Tu sais, on va avoir pas mal de travail, bientôt, on peut se passer de toi maintenant, mais dans une ou deux semaines, ça va chauffer…".

Tu imagines ? Il veut m'éloigner !?! Il me trouve nerveux ?! Alors que c'est lui qui manigance tout ! Je suis sûr que Sébastien est avec lui. Ce matin, il m'a regardé d'un drôle d'air. Je ne supporte plus ça, ça m'énerve. Le type du bus n'était plus là, mais c'est une bonne femme qui l'a remplacé. Elle avait un cabas au bras, genre je vais faire mes courses, pas mal la couverture. Ils sont tous après moi. Faut que tu reviennes, faut qu'on fasse quelque chose, je ne tiendrai pas longtemps.

J'ai découvert encore d'autres trucs. C'est pire que tout ce que je pensais. La fameuse base de données distante, c'est bien ça, ce sont des données sur des gens. Et il y a de tout : données civiles, judiciaires, bancaires, médicales…

C'est terrible.

J'étais surexcité de trouver ça.

Elle était cryptée, assez dure à décoder, mais tu sais, on trouve de tout sur Internet, notamment des pirates prêts à te donner un coup de main. Grâce à eux, j'ai décodé les données.

Tu peux tout connaître avec ça.

Tu prends quelqu'un, tu balances son nom dans le programme et tu as tout.

Tout.

Je vais simplifier, tu vas encore en comprendre la moitié, suis un peu ce que je dis, je n'expliquerai qu'une fois. Imagine, Truc est utilisateur chez nous. Tu balances son nom dans le machin, et comme ça, tu sais instantanément s'il a eu des contraventions, s'il est chrétien, musulman, athée, s'il a eu des problèmes de fric un jour, s'il a un casier judiciaire, et grâce à nous, à nos saletés de "Sites Equivalents", tu sais sur quels sites il va, ce qu'il cherche, les sites qu'il aime. Tu peux savoir ses opinions politiques, pour un peu, il suffit qu'il cherche chez nous un site sur les élections, il va aller sur le web d'un candidat, on en déduira s'il y passe du temps, presque pour qui il va voter.

On peut tout savoir.

Plus on attend, plus on affine, car plus on attend, plus Truc utilise le web chez nous, et plus on en apprend. Il regarde des photos cochonnes sur le Web ? On le sait. Il a des mœurs sexuelles bizarres ? On le sait. Et quelqu'un pourrait s'en servir pour faire pression sur lui.

C'est dingue. C'est super bien programmé, leur bidule. Il y a une fonction pour la fiche signalétique d'un type, tu obtiens carrément un résumé de ses opinions !

Il faut que tu me croies. C'est chaud, c'est super chaud, si l'autre fourbe me tombe dessus je suis mal. Prends contact avec moi vite fait, il faut que je te montre.

Je vais arrêter un peu, me calmer, pour donner le change. Ils sont après moi, je ne sais pas comment ils ont fait le lien avec la fac'. Je suis rentré chez moi, il y avait trois messages vides sur mon répondeur. Tu te rends compte ? Je suis sûr qu'ils ont visité mon appartement. Je n'ai pas vu de traces d'effraction, mais j'en suis sûr. Ils ont des pros. Arrête de me prendre pour un parano, il faut que tu me croies. Demain, je vais faire comme si rien ne s'était passé.

Sébastien est le chef de tout le truc, c'est sûr. Les types que tu as employés ont l'air louche, eux aussi, ils n'arrêtent pas de regarder ce que je fais, j'en ai assez. Ce soir, je suis rentré en taxi, je me suis fait déposer à trois stations de métro de chez moi, comme ça, ils peuvent toujours me suivre, je m'en fous, je les sème. Je me suis planqué une demi heure dans un coin sombre. Je crois que je n'étais pas suivi.

Fais gaffe à toi, sois prudent. J'espère que tu ne fais pas partie de leur bande. Ce serait marrant, ça voudrait dire que je me serais trompé sur toi sur toute la ligne.

Bertrand"

Septième message, vendredi 23h20 :

" Ils sont là. Je les vois, tous. Dans le bus, ils étaient au moins trois. Ils ne se cachent plus. Le chauffeur m'a dévisagé. Pourquoi il m'a dévisagé, cet enfoiré ? Ils sont partout. A l'accueil de l'immeuble, ils ont changé le préposé. Lui aussi, il en fait partie, je suis sûr. J'aime pas sa tête. Quand je suis arrivé, il a décroché son téléphone. Il les a appelé. Je t'entends déjà dire que je m'en fais pour rien. Arrête ! Prends conscience, un peu, de ce qui se passe. Lionel n'était pas là. Sébastien avait l'air content de me le dire. Il est sûrement en train de préparer quelque chose.

J'ai trouvé où était la base. La base de données avec les infos sur les gens, bien sûr, de quelle base je pourrais parler autrement ? Faut tout t'expliquer. J'ai trouvé ça en discutant avec un pirate. Bon, le type n'arrêtait pas parler de complots, Roswell, ce genre de truc. Complètement taré. Moi, je m'en foutais. Mais il m'a dit que l'adresse de la machine, celle sur laquelle j'avais essayé de me connecter depuis la fac', c'est une machine dans un ministère, à Paris. Ministère de quoi ? Je vais chercher. Je trouverai. Après, je pars. Je ne te dis pas où, je préfère que ce soit un secret. J'espère aussi ne pas me tromper en te disant tout ça. Je te faisais confiance, mais là, je doute de tout. Mon téléphone fait un bruit bizarre. J'avais jamais remarqué ces traces sur ma boîte aux lettres. Quand je suis rentré, il m'a bien semblé qu'en partant, j'avais fermé à double tour.

J'en peux plus.

Bertrand "

J'étais atterré. Bertrand était devenu complètement dingue. Je lui connaissais une bonne propension à la paranoïa, il me l'avait déjà montré à maintes reprises. Mais là, il était parti en sucette.

Qu'est ce qu'il avait découvert ? Ce programme, il ne l'avait pas un peu rêvé, par hasard ? Avant mes vacances, je l'aurais volontiers cru. Une semaine de repos et de réflexion m'avaient fait du bien, m'avaient équilibré. Il fallait que je le ramène à la raison.

Ses mails, je les avais relus. Il n'apportait aucune preuve de ce qu'il avançait, juste ses impressions, rien de tangible. Il commençait à sérieusement souffrir du surmenage. Il avait tout intérêt à s'arrêter un peu, souffler quelques jours. J'étais sûr qu'on en rirait bien, après un peu de repos. Il fallait que je lui dise ça, oui, il valait mieux qu'il décroche un peu.

CHAPITRE 21

La nuit porte conseil, paraît il. En me levant ce matin, le souvenir des mails de Bertrand m'obsédait.

Il virait à l'hystérie complète ; mais se pouvait-il qu'une partie de ce qu'il disait soit vraie ? Où commençait le délire, où s'arrêtait la réalité ?

Je ne voulais pas me l'avouer, mais j'y pensais très sérieusement. Je voulus rappeler Sandra, pour lui parler de cette histoire, confier à quelqu'un toute cette affaire qui me faisait craindre quelque chose de grave. Mais un garçon civilisé n'appelle pas une demoiselle à 7h du matin, fut-il mû par une bonne raison. Elle partait toujours très tard à son travail, le lundi matin, et je ne me sentais pas le cœur de lui gâcher sa grasse matinée. Cela attendrait ce soir, après avoir vu Bertrand.

Lorsque j'arrivai dans nos locaux, j'eus quelques surprises. Tout d'abord celle de voir N°4 à son bureau : à 9h du matin ! Incroyable. Je voulus entrer dans la salle machine, et là, deuxième surprise : je tombai nez à nez face à une serrure d'un modèle plus courant dans les banques que chez les particuliers.

N°4, amusé par ma surprise, m'expliqua.

- Il y a eu, comme tu as pu le constater, quelques petits changements dans la société.

Il me proposa de m'asseoir en face de lui. Un large sourire lui barrait le visage.

- Oui, nous avons fait poser des serrures sur la porte de la salle machine. C'était une précaution indispensable. En fait, tout vient de Bertrand. Il était un peu nerveux, la semaine dernière ; il avait peur de ce qui pouvait arriver aux serveurs, aux données. Il faut dire qu'on commence à avoir pas mal de choses en stock, et si on se fait voler le matériel, on est bon pour aller chercher du boulot, direct.

Tiens, Bertrand avait oublié de me préciser ça, dans ses e-mails. Innocemment, je lui posais quelques questions concernant sa santé.

- Apparemment, il ne va pas trop bien.

Il parût gêné.

- Ca va peut être te paraître un peu bizarre…

Il s'arrêta, cherchant ses mots.

- Je le trouve… comment dire… un peu parano.

Sans blague ?

- J'ai l'impression qu'il se méfie de tout et de tout le monde. La semaine dernière, il est devenu de plus en plus irritable. Quand j'essayais de lui parler, il me répondait comme si j'étais un pestiféré, comme s'il fallait me mentir. Tu imagines ?

Je lui révélai qu'avant mon départ, je l'avais senti effectivement un peu nerveux.

- En fait, il est devenu psychotique. Nous touchons enfin au but, nous commençons à avoir des contacts sérieux avec des régies de publicité et des gens de sociétés de marketing. Moi, je pense qu'il craque : on a passé je ne sais combien de mois à se serrer la ceinture, à angoisser sans arrêt sur le devenir de la gargouille, et là, soudain, c'est la lumière au bout du tunnel. Et lui, il a du mal à supporter le relâchement, la fin du stress, sans aucun doute. Tu sais qu'il nous a violemment interdit de rentrer dans la salle machine la semaine dernière ? Il a fallu que Sébastien lui parle pour qu'il accepte enfin qu'on s'approche des ordinateurs. Il a passé la semaine à travailler jusqu'à très tard dans la nuit, sur je ne sais quoi. Tiens, une anecdote : je rentrais d'une soirée jeudi soir, je suis passé devant les locaux, en voiture, c'était allumé. J'ai cru qu'on avait oublié d'éteindre, ou qu'il y avait un cambrioleur. Il était quand même 2 heures du mat'. Je me suis approché, et je l'ai vu à la fenêtre. S'il se traite de cette façon, cela ne m'étonne pas qu'il commence à sérieusement délirer. Pourquoi fait-il cela ? Le site fonctionne, non ? Vraiment, si tu le vois, conseille lui de décrocher quelques jours, ou son état risque d'empirer ; c'est pour son bien, je t'assure.

C'était donc ça, le conspirateur dont me parlait Bertrand ? La fatigue avait complètement brouillé son jugement.

Sébastien arriva sur ces entrefaites. Il avait l'air débordé, et voulait me parler. Les mots fusaient à dix mille à l'heure ; le véritable Sébastien des grands jours. Lionel en profita pour s'éclipser.

- Bon, alors comme ça tu nous as lâchés une semaine, bravo. Non, sans blague, tu as bien fait de prendre un peu de vacances, je crois qu'on l'a tous mérité, et qu'on devrait tous en profiter maintenant, parce que les semaines à venir vont être bien remplies. Je voulais te dire, je ne sais pas si Lionel t'en a parlé, mais nous commençons à avoir des contacts plus que positifs avec nos clients. Et comme prévu, les quelques démonstrations que nous avons pu leur faire les ont séduits. Que dis-je, séduits, envoûtés, oui. Ils commencent à se presser à nos portes. En plus, on commence à générer beaucoup de trafic sur le site. Tu vas rire, mais sans publicité, on a déjà franchi la barrière des 2 000 abonnés. Ben oui, en à peine deux semaines, boum, on pulvérise nos prévisions, et sans le crier sur les toits. En plus, ils ne viennent pas qu'une fois, en général ils deviennent fidèles. Imagine quand on fera de la publicité ? Non mais imagine trente secondes, avec un spot à 20 heures à la télé ? Il faudrait déjà qu'on rachète des machines. Bertrand ? Il n'est pas encore arrivé ? Bon, tant pis, je lui dirai de commencer à y penser sérieusement. Du coup, notre G.I. a le sourire aux lèvres, il n'arrête pas de m'appeler pour nous féliciter, il nous dit qu'il a eu le nez creux de nous financer, qu'il l'avait su dès le départ, que nous étions honnêtes et entreprenants. A mourir de rire. Bientôt, c'est lui qui me dira qu'il a eu tout seul l'idée d'investir chez nous ; après tout, ça ne me pose aucun problème d'orgueil. Ah oui, et puis en plus, on a pu enfin payer les figurants ; ils commençaient un peu à râler, on les a payé quasiment le double de ce qu'on leur devait, ils étaient tous très reconnaissants, il y en a un qui m'a dit qu'il était prêt à tourner un nouveau film avec nous quand on le désirerait. Je ne sais pas pour toi, mais moi, j'espère qu'on n'aura plus jamais à tourner ce genre de superproduction…

Petit sourire complice.

- Et en plus, on a fait protéger la salle machine. On se disait d'ailleurs que tu pourrais te consacrer uniquement à la partie graphique, maintenant, et plus au code ; tu m'avais dit que tu en avais un peu marre, enfin c'est toi qui vois, mais je crois que ce serait mieux, on a pas mal de boulot pour améliorer graphiquement le site, à présent. Il faut devenir vendeur, les enfants, c'est ça la clé.

J'avais vaguement le sentiment d'être mis au placard. Je le lui dis.

- Mais non, pas du tout, enfin si tu veux continuer à programmer et à t'éreinter sur le serveur, à ton aise, mais je préférerais que tu ne finisses pas comme Bertrand, le pauvre, il pédale complètement dans la semoule. Tu sais quoi, il est venu me voir, la semaine dernière, avec l'air d'un conspirateur, pour me demander si je savais ce que signifiait une extraction de données qui avait été faite je ne sais quand, sans qu'il ait été prévenu.

Je me figeai. Il continua.

- Mais bien sûr que je savais ce que cela voulait dire !! Evidemment ! Quand il a fallu aller voir nos amis les publicitaires, avec quoi pouvais-je y aller ? Avec une pauvre plaquette publicitaire ? Il est fou, lui ! Bertrand n'était pas là, alors Lionel m'a fait l'extraction, et nous sommes allés voir nos clients avec. Tu aurais vu leur tête, d'ailleurs ! Quand on a pris un nom au hasard, et qu'on leur a dit : 'voilà, lui il est en train de chercher une maison, il consulte les sites d'immobilier de l'ouest parisien, il aurait certainement besoin de deux ou trois publicités pour des possibilités de crédit', ils ont quasiment sauté au plafond ! C'est à peine s'ils n'ont pas sorti leur chéquier en disant "Combien ?" !

Bon, il y en a bien un qui a fait des remarques sur le côté moral de l'histoire, mais je crois que son patron lui a fait entendre raison. Ah, quel succès, vraiment ! Enfin, pour en revenir à Bertrand, je crois qu'il faut qu'il s'arrête, avant qu'un médecin ne le lui ordonne. Non, c'est vrai, il en fait trop. Enfin, heureusement, Lionel a fait poser des serrures sur la salle serveur, ça aura au moins le mérite de le forcer à venir nous demander la clé, et nous on lui dira, va-t'en, rentre chez toi et repose toi.

C'est à ce moment là que le téléphone sonna. Il était temps pour Sébastien de respirer un peu. Tout son monologue en apnée, c'était épuisant à voir.

Il décrocha, ouvrit la bouche.

Aucun son n'en sortit.

Il balbutia deux ou trois mots, raccrocha.

Il s'effondra sur sa chaise.

- Les gendarmes… Bertrand… Il vient d'avoir un accident de voiture… Il est mort il y a une heure…

CHAPITRE 22

C'est à ce moment précis que je compris tout.

Toutes les pièces s'emboîtaient, tout jouait.

La grande mascarade se terminait tragiquement.

Nous devions penser à nous, désormais.

Sébastien gisait sur son siège, incapable d'articuler quoi que ce soit d'intelligible. Je le secouais.

- Sébastien, écoute moi ! Remue-toi un peu !

Il ne pouvait pas avoir trempé là-dedans, ou alors c'était un formidable comédien, et c'était à désespérer de l'espèce humaine.

- ... mon ami... c'était mon ami ... pas possible...

J'étais atterré, par la mort de Bertrand, et par ce que je commençais à entrevoir.

Je décidai de jouer le tout pour le tout.

- Sébastien, il faut que tu te lèves... Nous ne sommes pas en sécurité, tu m'entends ? Tu comprends ?

- ... je le connaissais... depuis très longtemps... mon ami depuis des années ...

- Ecoute moi ! Nous sommes en danger ! Ce n'est pas un accident ! Il avait découvert des choses, nous devons partir, tu m'entends ?

Il restait prostré sur sa chaise. Il était anéanti. L'ombre de lui-même. Le beau parleur qui plaisantait trois minutes auparavant s'était rabougri en un petit tas grisâtre, perdu dans ses souvenirs, perdu dans sa douleur.

- Sébastien, réagis ! Depuis quand connais-tu Lionel, dis-moi ? Etait-il là au début du projet, avec toi ? Est-ce lui qui te l'a proposé ?

Impossible d'en tirer quoi que ce soit. Sa raison l'avait abandonné. Il avait mis les voiles. Et moi, j'avais tout intérêt à en faire autant.

N°4 était parti pour l'après midi, enfin c'est ce qu'il avait dit. Dans la salle serveur, nos jeunes recrues s'activaient. Etaient-ils ses employés ? Je n'en savais rien. Je décidai de partir à l'instant.

Métro.

J'essayai de mettre de l'ordre dans mes idées. Pourquoi ? D'où venait ce fameux programme ? Que faisait-il, au juste, et à qui pouvait-il servir ? Du calme, du calme. J'essayais de faire le vide dans ma tête. Impossible. Tout fusait, les mails de Bertrand, nos conversations, les attitudes de Lionel. Pourquoi ?

J'avais décidé de foncer à mon appartement, de prendre quelques affaires et de partir très vite. J'avais de la famille un peu éloignée, l'oncle d'un vague cousin ou quelque chose comme ça, j'allais reparaître tout à coup dans leur vie, ça leur ferait sûrement très plaisir, et ils habitaient suffisamment loin pour me permettre de souffler, à l'abri.

Sortie du métro.

Une cabine téléphonique. Appeler Sandra. Tout lui dire, lui révéler ce que je savais, ce que j'avais pu reconstituer.

- Allô, Sandra, j'ai un problème, je…

Je raccrochai.

Inconscient. Je devais la tenir hors de tout cela. Si je la mettais au courant, elle allait représenter un risque potentiel pour Eux, ceux qui avaient persécuté et tué Bertrand. Il ne fallait rien lui dire. Tout lui raconter plus tard, peut être.

Entrée de l'immeuble.

Je montai l'escalier quatre à quatre. Le temps m'était compté. J'avais une course à gagner, mais j'avais des chances de réussir.

Porte de l'appartement.

Je ne pus réprimer un léger tremblement en sortant mes clés. Du calme, du calme, c'était bientôt fini. Un sac de voyage, trois pulls, chaussettes et caleçons, et direction la gare. Avec un peu de chance, je pourrais prendre un train tout de suite.

L'appartement.

Lumière. L'halogène s'alluma, avec cette lumière particulière, chaude, agréable.

Ils étaient quatre.

- Alors, tu étais pressé de rentrer chez toi ? Ca tombe bien, j'avais plein de choses à te dire.

Dans le fauteuil, N°4.

Dans le canapé, un type très élégant.

Debout, à côté, le premier gorille tenait un pistolet.

Le deuxième referma la porte derrière moi.

CHAPITRE 23

N°4 m'enjoignit de m'asseoir.

Je me voyais mal refuser.

Même le premier choc passé, mes invités faisaient peur à voir.

Le premier homme, armé, avait la tête d'une truelle mangée par la rouille. Son air caverneux n'inspirait pas la compassion. Il semblait avoir loupé pas mal d'étapes de l'évolution de l'Homme. Il ne disait pas un mot, machine fidèle et attentive, faite pour obéir, prête à l'action.

Son camarade derrière moi avait les mêmes mensurations, celles du tonneau à bière, grand format. Son exacte réplique, jusqu'à la même petite vérole sur les joues. Des vrais jumeaux, peut être. Ils avaient dû être clonés pour exécuter les basses besognes.

Le type mollement vautré dans mon canapé restait silencieux. C'était le prototype de l'homme de main rusé et calculateur. A faire froid dans la dos.

N°4 était fidèle à lui-même, mais il semblait avoir acquis une nouvelle stature. Il avait l'air de régner sur son monde, véritable souverain de ce qui me semblait être une belle bande de psychopathes.

- Nous nous sommes permis d'entrer. Les bonnes mœurs réprouvent, mais c'était un cas de force majeure. Nous étions pressés. Ca ne te dérange pas que je continue à te tutoyer ?

Le ton déférent, la pointe de langueur dans la diction : Monsieur était maître à bord. Son physique ne me semblait plus si débonnaire ; ses yeux, surtout, brillaient d'un éclat étrange. Ses chiens de chasse, à ses côtés, obéissaient, serviles appareils d'une cause qui me dépassait encore.

Dans les films, les méchants racontent tout, puis exécutent le héros. Je ne voyais pas ici de cavalerie sur laquelle compter.

- Je te dois quelques explications. Mais pour cela, pour que tu comprennes tout, vraiment tout, il va me falloir commencer par ma petite enfance. Désolé pour la digression, mais cela t'expliquera quelques uns de mes traits de caractère.

Les Marx Brothers ne cillaient pas. Groucho me fixait avec son arme. Harpo, à côté de moi, demeurait immobile, sentinelle silencieuse. Je sentais son souffle, rauque, couler dans ma nuque.

- Quand j'étais petit, donc, je ne rêvais que d'aventures. Je vibrais au rythme des films de cape et d'épée ; mais c'était les films d'espionnage qui me passionnaient tout particulièrement ; ce machiavélisme, toutes ces machinations envoûtaient mon esprit. Mes parents voulaient faire de moi un médecin ou un ingénieur ; je ne pouvais m'y résoudre. Alors, je me suis engagé dans l'armée, bien déterminé à y faire mon trou, et espérant découvrir enfin ce que je cherchais depuis longtemps.

L'élégant réprima un léger bâillement du revers de sa main. Groucho clignait des yeux. Des yeux noirs, sans vie. Des yeux de squale.

- A force d'obstination, je découvris l'univers passionnant des services de renseignement. Voilà ce qu'il me fallait. Voilà un endroit où j'allais exceller. Je réussis à travailler pour divers services, et pour divers employeurs. J'étais un homme de l'ombre. Mon identité n'avait plus d'importance, j'étais un outil destiné à servir dans la plus parfaite discrétion. J'ai acquis mes galons à force de missions. Mais, je le confesse, j'ai un petit défaut : je suis très ambitieux. J'en voulais toujours plus. Je gravissais vite les échelons.

Il s'éclaircit la gorge.

- Au bout d'un moment, je me rendis compte que l'institution qui m'employait, tout comme de nombreux secteurs de l'économie, était sclérosée de l'intérieur, ne pensait pas à la vitesse des avancées technologiques, à la vitesse du progrès. L'Internet, vois-tu, était un grand défi que nous ne voulions pas relever, le laissant à d'autres. Terrible erreur stratégique.

Gravure de Mode replaça sa cravate, dans un geste furtif.

- Nos systèmes d'investigation et d'espionnage sont assez obsolètes. Bien sûr, nous avons les écoutes téléphoniques, des micros surpuissants, des tas de gadgets d'artisans. Mais je pense qu'il est temps de passer à l'ère industrielle, à la révolution de l'écoute. Et voilà où intervient Internet.

Il prit un ton doctoral.

- Depuis quelques années en France, et bien avant aux Etats-Unis, Internet pénètre les foyers à une vitesse incroyable. Le chiffre de progression de l'équipement atteint souvent les deux unités. Voyons la réalité en face : à l'instar du téléphone ou de la télévision, Internet fait partie de notre quotidien. Dans deux ou trois ans, qui pourra imaginer que cette technologie ait pu un jour ne pas exister ?

Acquiescement silencieux de l'élégant. Et obséquieux, avec ça.

- Et j'ai eu l'Idée. La seule bonne idée que j'ai pu avoir en quelques années, je le confesse, mais sacrément intéressante. Je te la révèle. Comme je te l'ai dit, les écoutes sont contraignantes, difficiles à installer, les juges nous collent des bâtons dans les roues. L'idéal, finalement, serait un système d'écoute passive qui nous mâche le travail. C'est la qu'intervient l'idée du site Web. Car, le Web, c'est l'anonymat. On peut y dire ce que l'on veut, y chercher ce que l'on veut, sans que personne ne s'en offusque. Du moins en apparence. On en dit souvent bien plus à une page Web qu'à son meilleur ami. Ses opinions, ses envies : il n'y a pas de frontières. Il n'est de ce fait pas étonnant que le mot qui ait tenu la palme pendant longtemps dans les moteurs de recherche ait été "sexe"… Et oui, plus de barrières, plus de tabous : on dit tout à son ordinateur, absolument tout.

Tic nerveux de Groucho. Attention à la gâchette, vieux.

- Oui, tu commences à comprendre : finalement, au lieu de placer des écoutes, on pourrait écouter tout le monde, en permanence. On s'épargnerait beaucoup d'efforts et de tracasserie. En poussant le concept, on pourrait même faire un classement des gens. L'idéal : les trier par religion, appartenance politique, affinités, casier judiciaire… Une belle grande base de données à notre usage exclusif. Que de temps gagné : on pourrait tout savoir, tout suivre à l'avance. Pour d'excellentes raisons, comme par exemple, déjouer des actes terroristes.

Je ne pus m'empêcher de me lever pour protester. Harpo, en un tournemain, me fit goûter les joies de la gravité.

- Tu veux espionner les gens en permanence ? C'est ça, ton idée ? Le flicage massif ?

- L'idée n'est pas neuve, mais les moyens le sont. Nous pouvons le faire, désormais, c'est à notre portée. C'est ce que j'ai essayé de faire comprendre à mes supérieurs. J'ai donc proposé mon projet. Je m'étais rendu compte, en lisant de nombreuses études, que les gens accèdent à des sites à 80% après une recherche sur un moteur. Ce sont des nœuds incontournables du réseau, des espions idéaux. Mon idée était de réaliser un site de ce type, qui permette aux internautes de trouver leur bonheur ; mais j'avais besoin, vue la concurrence, d'un avantage concurrentiel. Nous allions donc proposer à l'internaute de l' "analyser" - avec son consentement – pour restreindre les résultats à ce qui l'intéressait vraiment. Un avantage capital par rapport aux autres. Quel gain de temps ! Et quelle ironie : nous lui avouions presque quelle était notre activité réelle.

Groucho se redressa. Un voisin venait d'entrer bruyamment chez lui. Pour une fois, j'aurais bien voulu que quelqu'un débarque à l'improviste. Raté.

N° 4 devint grave.

- Parmi mes supérieurs, certains étaient agacés par la vitesse à laquelle j'avais grimpé les échelons, et certains mouraient d'envie de me les voir dégringoler. Le directoire me confia ce projet. Le cas échéant, ils me créditeraient de son succès. Mais ils me donnaient six mois pour réussir ; passé ce délai, si les objectifs n'étaient pas atteints, la situation deviendrait pour moi plutôt… inconfortable.

N°4 se détendit.

- Hé quoi, j'avais six mois pour atteindre mon but. Le secteur d'Internet connaissait une période de prospérité exceptionnelle. Il suffisait d'avoir une idée, à l'époque, et l'on vous finançait. J'avais foi en mon projet, j'allais réussir. Il me fallait une équipe ; et c'est ainsi que je tombai sur Sébastien. Il venait de plonger pour une affaire d'escroquerie, à cause d'un ancien associé peu scrupuleux ; il risquait une peine légère. Il avait le profil idéal pour devenir un des piliers de ma Start up : commercial, et de l'expérience dans le domaine. Je convainquis un vieil indicateur de mes relations de témoigner contre lui, histoire de l'enfoncer. On réussit en trafiquant quelques dossiers à pousser sa peine à plusieurs années ; voilà qui devenait plus sérieux. Sébastien était désespéré ; je devins son sauveur : j'appartenais aux Services Secrets de son pays, et j'avais besoin d'une couverture. Pour cela, s'il m'aidait à monter une Start up, son casier judiciaire retrouverait sa virginité originelle. Il accepta. Avait-il seulement le choix ? Ensuite, Sébastien trouva Bertrand, jeune ingénieur englué dans une SSII ennuyeuse, et toi, dans le même cas que lui. Quatre personnes, pas une de plus. J'avais juste peur de n'avoir pas assez d'ascendant sur vous deux ; vous étiez les électrons libres.

N°4 s'arrêta, prit un verre d'eau que lui tendait Gravure de Mode et but. Il reprit.

- J'espérais que Sébastien puisse vous raisonner ; moi, je tenais Sébastien. L'aspect technique, comme le fit remarquer dès le début Bertrand, dépassait de loin nos capacités réunies. Mais nous avions dans nos services piraté une collection de programmes d'origine diverses ; parmi cet ensemble hétéroclite, de véritables bijoux de programmation, dixit mes collègues, et notamment un système de recherche et une batterie de programmes de statistiques et d'intelligence artificielle destinés à composer des profils psychologiques. J'apportai tout ça dans la corbeille de la mariée. Visiblement son origine un peu louche ne vous a pas posé trop de problèmes. Le tout était relié aux serveurs des Services, de façon à croiser tous les paramètres et obtenir les profils les plus précis possible. Vu l'illégalité de la chose, je risquais gros. Mais il me fallait récolter suffisamment d'informations pour faire une démonstration à mes patrons.

N°4 fit une légère pause. Je buvais ses paroles. Ce n'était pas possible, comment avions nous pu être si naïfs ?

- Je faisais des rapports réguliers à mes supérieurs ; l'avancement allait bon train, Bertrand et toi arriviez à résoudre tous les problèmes. La partie commerciale était un peu à la traîne, mais Sébastien faisait des efforts. Le vrai problème, c'était le financement ; je n'avais pas un centime de mes supérieurs, mais j'étais confiant, nous trouverions des investisseurs.

Il s'arrêta.

- Et c'est là que la catastrophe arriva : le krach d'avril 2000. Aux Etats-Unis, le NASDAQ commençait déjà à plonger. Et plongèrent en même temps mes espérances. Les sources de financement se tarirent une à une. Pressentant les gros problèmes qui allaient me tomber dessus, je faisais le siège de mes supérieurs pour leur demander un budget. Mais rien à faire : on me fit comprendre que je serais seul jusqu'au bout. Mes ennemis prenaient leur revanche. Pour vous, il ne s'agissait que de la faillite d'une entreprise : pour moi, je risquais beaucoup plus gros.

Un nuage passa sur le visage de N°4, l'espace d'un instant. Le rictus et le regard, dur, acéré, revinrent vite.

- C'est à ce moment-là que j'ai commencé à perdre les pédales. Nous avions failli avoir un premier rendez-vous avec des investisseurs, à l'époque : annulé au dernier moment. Je plongeais. Vous n'étiez pas bien vous non plus, vous n'avez pas vu à quel point je m'enfonçais. Notre rendez vous, devant le "tribunal" d'investisseurs, a mis un point final à mes espérances. J'étais mort. J'étais fini, foutu. J'ai pensé à m'enfuir, jusqu'à ton idée d'arnaque démentielle. Comment pourrai-je suffisamment te remercier ?

Un tel compliment m'allait droit au cœur.

- Il fallait jouer le tout pour le tout. Je trouvai assez facilement les locaux ; nous les avions déjà utilisés pour une mission des Services. Sébastien voulait arrêter, mais j'arrivai à le convaincre de nous suivre… Comme je ne le sentais pas trop, ce type, le G.I. comme vous l'avez appelé - les Services m'apprirent qu'il était tangent quant à sa décision - , les derniers fonds dont je disposais me servirent à payer un agent dont nous utilisions parfois les services en "freelance". Un très séduisant agent. Le mari, la femme et l'amante : un grand classique. Le G.I., marié à une fortune, achèterait le silence — et les photos prises subrepticement par nos Services - à n'importe quel coût. C'était elle, le fameux "conseiller" dont je vous ai parlé. Et il a casqué, il nous a financés. S'en est ensuivie cette attente insoutenable, et finalement, l'heureux dénouement. C'était presque gagné.

Il marqua une pause.

- Presque, car mes chefs voulaient des résultats, et vite. Et nous n'avions pas assez de données pour faire une démonstration. J'avais en outre peur que le G.I. fasse volte face. C'était donc une véritable course de vitesse. Vous avez finalement réussi à ouvrir le site, et il eut un succès qui dépassa nos espérances. J'en faisais sa promotion partout où je pouvais : il me fallait des données, et fissa.

Une petite pause.

- La masse critique fut bientôt atteinte : cela me permit de faire une première extraction des données ; mais Bertrand s'en rendit compte. Je devais gagner du temps. La présentation à mes supérieurs se déroula dans une ambiance glaciale : je passais devant un véritable tribunal. Ils allaient me remettre leur réponse. Tu étais parti en vacances, ça me faisait un problème de moins. Mais Bertrand était très doué et s'introduisit dans le programme. Il y passait ses soirées, il devenait complètement obsédé. Et moi, je n'avais toujours pas le feu vert pour me débarrasser de lui. Je choisis une autre stratégie : je mis un type à ses trousses, pour qu'il commence à prendre peur. Plus il devenait parano, moins il était crédible auprès des gens qu'il fréquentait, et plus je gagnais de temps…

N°4 avait un sourire mauvais.

- Et mon plan a marché : ses histoires de schizophrène le décrédibilisaient… A la fin, même son boucher lui paraissait avoir une tête d'espion.

Il ricanait.

- Le moment de vérité arriva : mes chefs me donnèrent le feu vert. J'avais gagné la partie. Ils m'accordaient des moyens, et l'entière responsabilité de l'opération. L'équipe fut ainsi complétée de quelques fines gâchettes.

Il désigna les trois affreux. L'élégant fit un petit signe de tête, presque gêné.

- Nous fonçâmes chez Bertrand, il fallait coûte que coûte s'en débarrasser. Nous sommes arrivés à temps : il était en train d'écrire tout ce qu'il savait, et il en savait, des choses… Il s'apprêtait à diffuser tout ça sur Internet, à envoyer toute l'histoire aux journaux. Un opportun accident de voiture l'en a empêché.

Groucho et Harpo s'esclaffèrent.

- Quant à Sébastien… Je suis content de te dire qu'il est en ce moment aux Bahamas. Du moins officiellement. A partir de la semaine prochaine, ses amis vont recevoir des cartes postales tamponnées de l'archipel. Il y racontera qu'après avoir travaillé d'arrache pied pour son site, il a décidé de s'offrir quelques semaines de repos bien mérité. D'ailleurs, avec ses revenus, il va peut être s'établir à Nassau de façon définitive. Ce qui est sûr, c'est qu'il enverra de ses nouvelles régulièrement. Ce qui est sûr aussi, c'est qu'il aura beaucoup de difficultés à écrire lui-même ses cartes. Après tout, comment le pourrait-on, quand on a été coulé dans les fondations du tout nouveau lycée de la Seine Saint Denis ?

Groucho et Harpo rigolèrent à nouveau.

N°4 claqua des doigts. Aussi sec, les deux armoires se turent. Il reprit.

- On appellera ça un dégraissage de l'équipe dirigeante. La masse salariale ne s'en portera que mieux. Et maintenant, parlons de toi…

Une boule dans ma gorge, grosse comme un melon. Impossible de déglutir.

- Vous autres, dans l'informatique, vous avez la bonne idée de ne pas fonder de familles trop tôt. Vous préférez monter des sociétés avant, ce qui nous facilite grandement le travail. Ainsi, on n'a pas trop de gens dans les pattes. Toi, je crois savoir que tu as une amie…

Je poussai un cri.

- Oh, ne t'inquiète pas, nous n'allons rien lui faire. Elle apprendra la nouvelle par les journaux. Tu as eu, avant tes vacances, l'excellente idée de lui téléphoner : tu avais l'air déprimé, au bout du rouleau, prêt à tout pour ainsi dire.

Il reprit.

- Je l'ai donc appelée, voilà quelques jours. Je te cherchais : tu avais l'air dépressif, tu ne cessais de dire que tu en avais assez, de tout ça, de cette entreprise, de cette vie, de tout ce dont tu me parlais, le soir, quand nous travaillions tard… Elle te connaissait mal, finalement. J'ai réussi à l'en persuader. Il faut croire que je suis bon comédien, elle avait l'air affolée au téléphone. Ce qui fait qu'elle accréditera sans aucun doute la thèse du suicide.

Un coup de poignard dans l'estomac ne m'aurait pas fait plus d'effet.

- Un suicide. Ta vie est un vrai fiasco, tu ne sais pas quoi faire, le site web est fini, il ne t'intéresse plus. Tu penses avoir perdu trop de temps. Ca sera crédible. Je te raconte comment ça va se passer. Tu vas retourner dans le bureau où nous avons monté l'arnaque. Heureusement que tu as fait un double des clés, d'ailleurs ; double que tu auras dans ta poche. Tu veux en finir. Alors, tu montes au dernier étage de la tour, tu regardes une dernière fois Paris, tu respires… Ca ne te manquera pas. Tu sautes. Les journalistes trouveront bien d'autres raisons pour justifier ton acte.

J'ai essayé de crier, mais Harpo avait déjà plaqué sa large main sur ma bouche.

Ils m'empoignèrent.

C'était la fin.

CHAPITRE 24

Je tombe.
Sensation étrange.
Un instant d'apesanteur.
Plus dure sera la chute.

Je vois, à l'envers, le mur de la Tour Montparnasse, noir, froid. Le parapet s'éloigne, la gravité terrestre reprend ses droits, le vent commence à siffler à mes oreilles.

Je me rappelle d'une histoire, celle d'un pilote soviétique, lors de la seconde guerre mondiale, en plein hiver. Le moteur de son avion est en flammes, il est perdu, c'est sûr. Il n'a pas de parachute. Mourir broyé dans le cockpit ou en s'écrasant au sol, son choix est vite fait. Il saute de l'avion. En contrebas, une forêt de sapins, chargés de neige. La chute est brutale, mais l'épais manteau amortit la chute. Il vivra. Moi, je ne vois pas de forêt de sapins. Et je ne vois pas de neige.

Je pense à mon vertige, celui qui m'empêche de me pencher d'un balcon, sinon c'est la peur panique, la tétanie immédiate de tous les muscles, l'impossibilité de bouger.
Oublié le vertige, je tombe.

Je revois tous les événements qui se sont passés, tous les visages des gens que j'ai connus, croisés ou aperçus. Une foule dense se précipite vers moi. Ce n'est qu'un rêve.

Plus je tombe, plus je remonte dans le temps. Mon enfance, enfance dorée chez des parents aimants, enfance trop courte, on se dit toujours ça quand elle est derrière soi et qu'on a fait la paix avec nos vieux démons.

Chassez le naturel de l'ingénieur…
L'accélération de la gravité est de 9,81 m/s².
La tour fait à peu près 210 m de haut.
Si je ne m'abuse, on doit avoir, en gros, $y=t^2a+y0$ avec $a=-g$, soit $t=sqr(210/g)$ ou $t=4,63$ s à peu près.

Il me faudra donc un peu plus de 4 secondes et demi pour toucher le sol, à une vitesse de, voyons voir, t multiplié par g, 45 m/s ou plutôt 163 km/h.
Moralité, je vais heurter le sol en plein excès de vitesse. Pour une fois que j'avais envie de me faire arrêter par la maréchaussée…

Décidément, on peut en faire, des choses, en un peu plus de 4 secondes et demi.

CHAPITRE 25

" Les aléas d'Internet

En ce début du 21ᵉᵐᵉ siècle, malgré la chute constante du NASDAQ, malgré le désengagement de la plupart des acteurs du secteur, malgré les faillites retentissantes et tous les flops qui peuvent émailler l'actualité du microcosme d'Internet, certaines entreprises parviennent à tirer leur épingle du jeu. Sur le marché très concurrentiel des moteurs de recherche, saluons donc l'arrivée d'un petit nouveau, www.gargooye.com, qui a les dents longues et beaucoup d'ambition. Ses chiffres de fréquentation lui font honneur, et la progression de son audience pourrait faire rêver plus d'un patron de Start up. Mais le succès de ce site, c'est avant tout de proposer un produit 'révolutionnaire', le communiqué de presse dixit, un ensemble de services destinés à faciliter la vie des utilisateurs et à améliorer le tri des informations renvoyées aux Internautes. D'après Lionel B., un des quatre associés à l'origine du projet, 'L'important, c'est de redonner sa valeur à l'information ; si vous cherchez un site, à quoi vous servent 100 000 réponses ? Ce que nous vous proposons en plus, c'est un choix dans les sites, et un choix qui a toutes les chances de vous plaire'. Souhaitons une très longue vie à www.gargooye.com . "

*****

" Un créateur est décédé

Nous avons appris la semaine dernière le décès de Bertrand H., un des membres fondateurs de la Start up www.gargooye.com, à la suite d'un accident de voiture. Sa sortie de route serait imputable à une vitesse excessive et un abus d'alcool, d'après le rapport des gendarmes. "

*****

" La Start up aux dents longues

La Net Economie va mal, et ce ne sont pas les innombrables sites Web qui mettent la clé sous la porte qui me contrediront. C'est tout un secteur de l'économie qui se met à sombrer, celui des petites sociétés de l'Internet, créées le lundi dans un garage par deux ou trois amis passionnés, et mis en bourse le vendredi suivant. La désillusion est profonde, alors que le secteur se structure et que les grosses entreprises ramassent la mise et rachètent à tour de bras. Dans un contexte de crise aussi difficile, saluons donc la performance de www.gargooye.com. Le concept séduit chaque jour plus d'internautes. La santé financière de la société est insolente. La progression de ses parts de marché, dans un domaine qu'on croyait contrôlé par quelques 'gros bras', est ahurissante. Le 'nain parmi les géants', selon l'expression consacrée, a ainsi pu orchestrer une des plus exceptionnelles campagnes de publicité jamais vues à la télévision, et qui fera date. Tout le monde en parle, tout le monde en devient fou : ce site est en passe de devenir aussi indispensable que le téléphone "

*****

" Mort tragique d'un concepteur

On nous signale la mort d'un des concepteurs de la société www.gargooye.com ; le jeune homme s'est suicidé depuis la Tour Montparnasse. Il était âgé de 27 ans. "

*****

" La concurrence en émoi

www.gargooye.com ne cesse de défier la chronique, et maintenant ce sont ses concurrents directs qui mettent genou à terre ; les parts de marché de la toute jeune société s'élèveraient à 82 % du secteur des moteurs de recherche. C'est le désarroi parmi la concurrence, américaine en majorité, qui semble en passe de se retirer du marché français."

*****

"Une IPO comme on en voit plus

Paris, 10h30 : il y avait bien longtemps qu'une mise sur le marché n'avait pas causé un tel émoi. Gargooye™ a été cotée ce matin et a déjà gagné, après une heure de cotation, 4 points, dans un contexte pourtant violemment défavorable à la Net Economie. Alors que les principaux ténors du marché préfèrent retarder leur entrée en bourse, alors que les capitaux semblaient taris pour la plupart des Start up, la jeune et talentueuse société prouve que le secteur a encore un brillant avenir devant lui. "

*****

" Le conseil des Experts

... et en ce qui concerne les titres Internet, c'est l'action Gargooye™ qui semble être la bonne opération du moment ; leur produit est plébiscité par le public, leur nombre d'abonnés dépasse de très loin ce qu'on a pu voir de plus populaire jusqu'à présent, et ils ont déjà entamé la création de filiales à l'étranger, en Europe pour commencer, les Etats-Unis ainsi que le Maghreb et l'Asie étant programmés pour l'année prochaine …"

*****

"… et, Maître Vargas, que pensez vous des rumeurs et des bruits qui circulent concernant la société www.gargooye.com, qui, il est vrai, traite quotidiennement une somme astronomique d'informations concernant nos compatriotes ?

- Je crois qu'il n'y a rien à craindre en terme de respect de la vie privée des gens, car ce genre de service n'a pas tellement d'intérêt en dehors d'un ciblage plus précis de la publicité sur Internet. A mon sens, ce genre de ragots est aussi infondé que le serait, par exemple, une rumeur disant que tous les téléphones français sont sur écoute. C'est totalement absurde…"